千年的月光

平凹题

The millennium moonlight

袁灿 —— 著

百花洲文艺出版社
BAIHUAZHOU LITERATURE AND ART PRESS

图书在版编目(CIP)数据

千年的月光 / 袁灿著. -- 南昌 : 百花洲文艺出版社,2022.2
ISBN 978-7-5500-4594-1
Ⅰ. ①千… Ⅱ.①袁… Ⅲ.①诗集-中国-当代
Ⅳ. ①I227

中国版本图书馆 CIP 数据核字(2021)第 279614 号

千年的月光
QIAN NIAN DE YUE GUANG
袁灿 著

责任编辑 许 复
特邀编辑 袁 庆
书籍设计 黄晓姝
制 作 湖北龙图腾华文传媒有限公司
出版发行 百花洲文艺出版社
社 址 南昌市红谷滩区世贸路 898 号博能中心一期 A 座 20 楼
编辑邮箱 fanfansoo@126.com
邮 编 330038
经 销 全国新华书店
印 刷 武汉市洪林印务有限公司
开 本 880mm × 1230mm 1/32 印张 8
版 次 2022 年 3 月第 1 版第 1 次印刷
字 数 33 千字
书 号 ISBN 978-7-5500-4594-1
定 价 58.00 元

赣版权登字 05-2022-5

网址 http://www.bhzwy.com
图书若有印装错误,影响阅读,可向承印厂联系调换。

诗心如水映华年

——袁灿诗集《千年的月光》序

◎曾令琪

翻阅袁灿的诗集《千年的月光》，一下子就被吸引住了——短小，抒情，既如心灵花开，又如山泉潺潺。作者那体贴入微的诗心、积极昂扬的诗情、纯真烂漫的诗意，让我不由得感慨：品读这样的新诗，真是别有味道。

概括起来，这本诗集中的作品，主要特点有三：

一、发乎真情，富于感染

我不敢说袁灿是一个多么有成就的诗人，但我敢说他是一个敢于表达、毫不造作的性情中人。现实世界中，无论是花花草草，还是人物风景，他都能注入真情，并让心灵之笔流淌抒情的文字，给我们营造出诗意氤氲的美丽氛围。试看他的《点燃生命的火种》：

能够点燃生命的
除了爱情
我找不到更美的火种

责任让我们成长

长出能够担负生活的躯干
然而,这只是人生的理所当然
就算做了砥柱与栋梁
燃烧,却是永远的奢望

有没有人像我一样
只想拥有一次燃烧的生命
哪怕烧成灰烬
也不负一生爱过一场

这是一首爱情诗。爱情是我们人人所渴求的神圣的情感,对诗人而言,爱情更是一种“点燃生命的火种”。平凡而伟大的爱情,永远激励人向真、向善、向美、向上。作者的诗情,就在这样的爱情之中被激发、被点燃,诗人的生命也在这样的爱情之中生根、发芽、开花、结果,一种积极昂扬的生命状态,使作者成长和成熟,并用自己矢志不渝的行动,去理解爱情,去诠释责任,去创造优秀。结尾一节,诗人以疑问的语气,表达了希望普天下恋爱中的男女都能“拥有一次燃烧的生命”、都能“不负一生爱过一场”的良好愿望。

白居易曰:“感人心者,莫先乎情。”(《与元九书》)只有首先能感动诗人自己,其作品才能深深地打动他人。这首诗,可以看作是作者的恋爱宣言,更可看作是他的人生宣言。这样真情充盈的诗作,在诗集中还有很多,美好,积极,向上,充满着阳光灿烂的美感。

二、细腻敏感,拨动心弦

从古到今,中国都是一个诗歌的国度,中国人的日常生活很难离得开诗歌。2500年前的孔夫子就说过:“不学诗,无以言。”(《论语·季氏》)“诗,可以兴,可以观,可以群,可以怨。”(《论语·阳货》)正因为如此,一部中国文学史,诗歌的成分占了很大的比重。铜琶铁板、大江东去的豪壮，寒蝉凄切、杨柳依依的婉约，江上笼统、井上窟窿的幽默，举杯邀月、栏杆拍遍的郁闷，全都可以在诗中表达得淋漓尽致。但无论是哪种性格、哪种风格，诗人都是细腻、敏感的。

阅读袁灿的诗作，我们能真切地感受到他是一个感情细腻的歌者。对外界的些微变化，他都能及时地感知，敏锐地捕捉，迅速地表现。试看他的《端午·祭》：

汨罗的江水
如日夜奔流的血液
从未冷却
流经千年古老的岁月
依旧如诉如泣
那是从骨子里迸发出的
为苍生请命
为家国舍身
来自灵魂的呐喊

漫长的江岸线
是谁留下怆然的背影
用手中的剑
在自己顶天立地的傲骨上
铭刻下那段悲壮的历史
路漫漫其修远兮
吾将上下而求索
那犀利如光的眼神
穿透了黎明之前的至暗
点燃了一个民族前进的灯塔

青青艾草紧紧拽住了

那纵身一跃尚未沉没的魂魄
浓浓棕香幽幽飘荡于
风起云涌苍茫浩瀚的天空
劈波斩浪的龙舟
承载着千年万世的敬仰
屈子之躯已与江山同在
赤子之心已与日月同辉
端午铿锵的锣鼓
又一次敲响
那一曲不朽的《离骚》

屈原这个人物，不仅是一个悲剧性的政治人物，他更是光照中国文化、中国文学史、中国诗歌史的一个具有世界影响的重要文化地标、文化符号。屈原身后，写他的作品实在是数不胜数。那么，在众多的作品之中，怎样切入？怎样表达？这已经超出了屈原题材本身。袁灿以"汨罗的江水 / 如日夜奔流的血液 / 从未冷却"切入，将屈原的文化符号学意义，定位为一种"从未冷却"的"血液"。无疑，给读者以一定的新鲜感。作者以此切入，热烈地讴歌屈原那种伟大的爱国精神，歌颂他那种九死不悔的理想追求，并以"屈子之躯已与江山同在 / 赤子之心已与日月同辉"这样的诗行，予以高度的赞颂，实际上是在赞美中国文化中那种优秀的传统。

再比如，《相逢，时光》："花影在摇曳，风声在轻诉 / 灵魂能到达的地方 / 总是阳光明媚，鸟语花香 / 白云在蓝天上流淌 / 溪水在山涧中歌唱 / 而我，遇见了梦里的姑娘。"这样的铺陈、渲染，归之于简洁的点题，显得顺理成章。《回眸》："汇入熙熙攘攘的人流 / 奔赴各自的路口 / 匆忙的脚步，找不到停下的理由 / 逐流，逐流。"诗人敏锐地捕捉到街头熙熙攘攘的人流中脚步匆忙的景象，以"找不到理由"而"逐流，逐流"铺开，"号角吹响的时候 / 身后没有退路 / 前进的姿势 / 只有冲锋与战斗 / 争渡，争渡"，这样的诗句，给人以顽强战斗的力量。最后以"从此以后 /

你作了我的帆/我成了你的舟”作结，表现出一种细腻、多情之中的乐观与向往，拨动着读者的心弦。

三、观照生活，多姿多彩

众所周知，文学是社会生活的反映。只是，由于文学体式的不同，由于时代的差异，由于作家人生经历与社会阅历的差异，各种文学体式反映社会生活的形式是很不相同的。作为文学之一种，诗歌是形象的产物，它必然要反映现实，观照社会，表达诗人的情感。

袁灿的诗歌也不例外。翻阅他的诗歌，可以感到，他的诗歌不是一味钻进象牙之塔、脱离现实的产物，而是深入生活、感悟生活之后的作品，真实地表达了诗人对人生与社会的看法，抒发着作者的爱憎情感，有的诗作还带有一定的哲理意味，很值得一读。试看他的《陀螺》：

生活像一根鞭子
而我，做了那只旋转的陀螺
不是不想留下来歇息
而是被鞭子抽得身不由己

陀螺的一生
注定是平庸而忙碌的
安逸，是我穷极一生也猜不透的谜底
也许，旋转才是一只陀螺存在的意义

我们知道，时代飞速发展，科技日新月异，社会五光十色。在每一个奋斗者的词典里，哪里找得到“容易”二字？！但对这样的道理，诗人袁灿不是空喊口号，不是随意图解，而是将我们儿时经常玩耍的陀螺提炼为一个意象，并以鞭子对陀螺的抽打，来比喻社会与我们每一个人的关系。最后，以哲理性的“安逸，是我穷极一生也猜不透的谜底/也许，旋转才是一只陀螺存在的意义”来作结，表现出作者对人生与社会的深入思考。

整部诗集中，这样的例子还很多。比如，组诗《石头狂想曲》：“我用刻刀 / 赋予它以生命 / 它却回馈 / 我不屈的灵魂。”这样的诗句，显得坚挺瘦硬，风骨铮铮。《叶已别秋》：“是的，我已无法转身 / 用消瘦的手指 / 去抚慰被命运皴裂的记忆 / 老痂如茧，沧桑如铁 / 那些过往我只想轻轻地挥手告别。”这样的诗句，无不是作者历经生活的沧桑之后，对生活、对社会、对人生的深刻感悟。法国浪漫主义大师罗曼·罗兰在《米开朗琪罗》中说：“人最可贵之处，在于看透生活的本质之后，依然热爱生活。”是的，生活是一本巨型的百科全书，它教会我们很多很多。如何面对生活？如何反映生活？诗人袁灿的诗作，给了我们一些有益的启示。

朋友们，只要你耐心地去寻觅，你便会发现，生活中处处都有美，生活中也处处都会有诗。诗心如水映华年。袁灿的诗，小巧玲珑，意象鲜明，富有哲理。他以他那种恒心与毅力，坚持与坚守，在诗歌的黑色天幕上，缀上了一颗眨眼的星星。古人云：“诗无达诂。”限于见识，我的解读不一定正确，但我真诚地希望能以这块粗糙的砖，引出更多玲珑剔透的玉。特别是希望有更多的读者，能够读到袁灿这本《千年的月光》，并喜欢上他的诗。

是为序。

2021 年 8 月 29 日，星期日，于西都长乐居

（曾令琪，中国辞赋家联合会理事，中国西部散文学会理事，孔子学院·孔子美术馆客座教授，中外散文诗学会四川分会副主席，四川省辞赋家联合会主席，《西南文学》杂志总编，贾平凹先生关门弟子）

The
millennium
moonlight

目录

第一章　心灵独处

003　千年的月光
004　我不是你的唐伯虎
005　第一万只羊
006　杨花又飞
007　行藏在我
008　远方
009　禅境
010　远走天涯
011　回眸
012　黄昏
013　奏响笙箫
014　聆听
015　归尘

016 落叶归根
017 忆
018 点燃生命的火种
019 花开的愿望
020 幽蓝的夜
021 荒夜
022 守望
023 人生如寄
024 水的心
025 鱼的眼泪
026 柔烟
027 对岸
028 你是我的奇迹
029 寂寞的月亮
030 门与灯
031 把诗泡在水里
032 诗人,你为何忧伤
033 悠悠的歌
034 宽容
035 错位
036 时间,都去哪儿了
037 月亮睡在掌心上
038 星星落在草地上
039 月亮挂在我的指尖

040 心事如烟
041 空灵之心
042 星星睡不着的时候
043 直视的目光
044 苦海
045 答案
046 嘿,男子汉

第二章　走过四季

049 眸
050 老屋
051 相师山传奇
052 端午·祭
054 风的样子
055 槐花之恋
056 桃花
057 荷花
058 菊花
059 梅花
060 秋风
061 夏日里的乡景
062 立秋
063 天空
064 与云同行

065 秋月吟
066 岁月
068 晚风
069 回首
071 尽春
072 春雨霏霏
073 春风的触角
074 寄给夏天
075 夏雨多情
076 夏天短得像风
077 秋
078 我爱这秋天
079 外公的搭档
081 印度洋的季风
082 行走人生
084 武汉的雨
085 失语的石头
086 雪花

第三章 转身以后

089 一败涂地
090 来不及
091 红颜款款来
092 十里春风

093 若
094 裂
095 给你一首诗
096 做一个爱笑的人
097 花开的样子,那是你在微笑
098 那年,栀子花开
100 栀子花
101 花月收起
102 又见蔷薇
103 你的归期
104 无可替代
105 我愿意
106 且作猜想
107 假如,我不曾认识你
108 叶已别秋
109 雨丝
110 若能忘记,何必想起
111 被雨淋湿的诗
112 不言再见,再见无期
113 许
114 离若
115 多年前的风
116 悄悄话
117 荒原上的歌谣

118 请允许我想你
119 有一种距离
120 那年的以后
121 重温
122 天涯
123 我来看过你
124 为你种一株勿忘我
125 秋之心
126 邂逅

第四章 午夜思绪

129 第一场雪下在夜里
130 野马撞进我怀
131 夜如潮水
132 我的西施
133 你是我的夜来香
134 夜色如水
135 今夜的风
136 今夜潮涨
137 那个谁
138 笔下的雨
139 孤独入眠
140 夕
141 亦迷离亦阑珊

142 烟花
143 夜色如酒
144 夜之语
145 假寐
146 一颗流星
147 雪夜
148 有一种喜欢

第五章　清新时光

151 我的迟，更像早早地来
152 等你，在红尘世外
153 碎雨
154 孜孜不倦的光
155 听雨
156 一棵树
157 信物
158 两只鸽子
159 一叶光影
160 怯怯的星辰
161 我还在等
162 浅夏时光
163 石头狂想曲(组诗)
164 微末
165 心有独钟

166 你的样子
167 轨迹
168 浪漫的境界
169 献给七夕
171 我愿
172 鸟
173 晨雨
174 迷路的鱼
175 抒情
176 蓦然回首
177 致 Miss X
178 风中的马尾
179 风雨
180 明月天涯
181 云溪之恋
182 碧龙潭——致云溪之二
183 五月，云溪的风——致云溪之三
184 檀山——致云溪之四

第六章 畅想未来

187 岁月无声
188 复生的水草，鱼的故人
189 徒步
190 碎片

191　五一，我们的节日
192　送别——致传媒学院2021届毕业生
193　打开命运之锁
194　除夕——岁月最华丽的转身
195　远方的家
196　独白
197　光阴如水
198　回眸
199　小憩
200　少年，我看到自己的影子
201　翻山越岭去看你
202　窗
203　相逢，时光
204　朋友，如水
205　青春畅想曲——致传媒学院2021级新同学
207　时间
208　放下戒备的鸽子
209　不负
210　夕阳漫天
211　修行
212　以为
214　扉页
215　渲寞

216 平常
217 向一朵花儿告别
219 以命相许的春天
220 凝视
221 等风吹来
222 陀螺
223 拥抱幸福
224 撷一缕晨曦送你
225 含笑
226 无言
227 我的快乐
228 新娘
229 偶遇
230 眺望
231 草的启示

232 后记

第一章

SPIRITUAL SOLITUDE

心灵独处

千年的月光

大漠沉戈，拽不住一指黄沙
老去的胡杨千年不腐
坚厚的城池早已安眠于砾石之下
当年扬鞭策马踏碎天边的霞
顶最凛的风饮最烈的酒
狼烟里的魂魄却再也回不了身后的家

那一地苍白如雪的月光
可是你流淌千年的眼泪
无声地淹没寂寞的苍茫
我的呼吸止于流星坠落的那一刻
哀鸣的孤雁飞进遥远的黑暗
从此不再引弓长啸

酒与血都干涸殆尽
拿生命守护的江山见证了无数的兴衰
人世间的疾苦不知可曾治愈
作别风霜雨雪花开花落
你的琵琶我的笔墨
在千年的月光里无声地诉说

我不是你的唐伯虎

许不了你一场盛大的江南烟雨
我只是暗自记住了
你远去身影里那一声丁香幽怨的叹息
你终究也没能为我弹奏悦耳的丝竹
我终究也没能成为你故事里的唐伯虎
假若你是那相府里
一笑倾人城再笑倾人国
三笑倾人心的绝色尤物
我又该何处典身一解相思苦
做不了口吐莲花的局
写不出颠倒众生的诗
更不及那江南才子的倜傥风流
一出手便是锦绣文章镇青楼
意气风发少年郎
花前得意歌纵酒
温柔乡里梦长留
哪管红尘几多愁
只可惜我不是你的唐伯虎
得不到灯火阑珊处的三笑与回眸
我是不小心穿越千年的落魄书生
于乌啼寒霜的枫桥
于姑苏夜半的钟声里
独自吟唱着自己的涛声依旧
丁香花落去
江水空自流

第一万只羊

凛冽的风
从西伯利亚高原呼啸而来
锋利如刀
剐得手脸生疼
天被冻成紫青色的玻璃罩子
雪,有可能随时掉落在干瘦的屋脊上
一棵掉光牙齿的树
把一支情歌唱得撕心裂肺

所有的门窗紧闭
电视里那些索然无味的肥皂剧
无耻地偷窃着入梦的时间
煨在被窝里的女人揣着一怀的寂寞
怎么也找不到让身体舒坦的姿势
入冬的夜太过漫长
数了九千九百九十九只羊
第一万只终于朦胧成一片白茫茫的雪

杨花又飞

四月，一幅春日的收官之作
留下了怆然飘逸的姿势
飞白与枯笔
比起浓墨的开局
竟然更能使之心绪震颤

桃樱落尽
杨花又飞
如一阕悼春的挽词
洋洋洒洒
悲悲戚戚

我弯腰掬取一捧无骨的水
安静地等候
好让，这暮春的雪
得以安息

行藏在我

身后的雪花与烟花一并隐去
微寒的风徐徐吹来
有些梦碎了,有些梦醒了
悸动的心绪如凌乱的柳枝摇摆
褪色的霓裳蜷缩在角落里

第一波春汛在渡口悄然地涌起
那只斑驳的船空荡荡地晃动
揉皱了几簇不甘寂寞的嫣然的倒影
我的蓑衣与斗笠早已破烂不堪
却总是难舍这江南的一帘烟雨

昔时的匆匆过客
成就了多少美谈与遗恨
那些残淡的墨迹终究抵不过一杯陈年的酒
聚散在这悲欢离合的人世
有谁能许我无忧

远方

我向往远方
向往蓝天白云的自在与明朗
那里是风儿的故乡
那里有鸟儿在歌唱
那里洒满璀璨的星光

我想以梦为马
御风前往那魂牵梦萦的地方
带着我的吉他和诗行
与心爱的姑娘
看美丽的花儿快乐地开放

远方,我心中的天堂
我要像鸟儿在你的怀抱飞翔
我要像鱼儿在你的心海逐浪
忘记所有的愁苦与忧伤
无拘无束地恣意狂放

我想去远方
去那遥不可及心心念念的地方
在圣洁的雪峰把灵魂安放
让无垠的湛蓝将肉体埋葬
看一轮明月静静挂在心尖上

禅境

想象，文字从你唇齿间发出的声音
如那清澈的溪流
那定是能使我于这喧嚣的尘世间
超然物外的法力
让我忘却不曾遗失的愁苦

抑或，又如那划过荒原苍峦似刀的风
剥落蒙敝芸芸众生的假象
把我孤独的灵魂牵引至禅境
从此以后，沉默万年
不悲不喜，不生不灭

远走天涯

卸了盔甲
流放老迈的战马
剑已归鞘
从此远走天涯

一方净土
几盅清茶

谁能伴我找寻梦里的家

回眸

回眸，欲语还休
春风暖透
恰如，你眼底泛起的柔

我能感觉得到
那一眸嫣然的光
轻轻地
飘落在我白色的衣袖

黄昏

摘一片唐诗里的晚霞
煮一壶宋词里的清茶
让某种炽烈而直白的表述
以无比温婉的形式
展现出青花与粉彩相融的韵味

那些逐风寻梦的旅人
以宛若天际的归鸟
渐渐隐没在视线的尽头

来,有兴趣陪我喝杯茶么
就这样举盏对饮
细品此刻淡雅的时光

奏响笙箫

黑夜里，我用我的文字
奏响笙箫
让沉默已久的笔尖
在燃起篝火的雪地里
尽情地温柔地舞蹈

抽刀断水，怎奈何思念
如潮
刀刀见血，无处可逃
笙箫如诉，深沉入骨
幸福，莫非仅一步之遥

聆听

我只想
做一个安静的聆听者
像孩子
好奇而乖巧
用闭着眼睛的方式
去触摸你柔软的心声
把呼吸调成你倾诉的和音
就这样
我的灵魂与你的灵魂
产生默契与共鸣

归尘

蹒跚的脚丫，如白纸落笔般
写下一个生字的开始
随后，尘土便迎风扬起

一个肩膀，其实除了负重
更多是用来依靠
让你我能够在穿行这尘世时相互支撑

佝偻的背影，终将在黑夜里隐没
只有那串足印依旧蹒跚
那是踏尘归去时写下的省略号

落叶归根

一把锁
孤零零地
守着锈迹斑斑的
曾经

怀里的草
不断地死去
又
不断地重生

风雨飘摇的老屋
迎来了
曾经的主人
新的邻佑

忆

春天，太阳底下
一个苍老的影子斜靠在开花的树上

颤颤的呼吸拂动了叶子
像风

有种懒洋洋的舒服感
让人想起从前

点燃生命的火种

能够点燃生命的
除了爱情
我找不到更美的火种

责任让我们成长
长出能够担负生活的躯干
然而，这只是人生的理所当然
就算做了砥柱与栋梁
燃烧，却是永远的奢望

有没有人像我一样
只想拥有一次燃烧的生命
哪怕烧成灰烬
也不负一生爱过一场

花开的愿望

我在一个寒冬的梦里
种下了花开的愿望
倘若，所有的苦难没能让我从此沉默

我知道我的心跳其实与你
挨得很近很近
忽略，可能是因为你太过执着

忘却我于冰雪之中狼狈的样子吧
我纯洁无瑕的笑容
一直在等你春风回眸的瞬间绽放

幽蓝的夜

你像一枚雪花在我的眼中消融
剩下的只有冰冷的泪水

漫天飞舞的白色的蝴蝶
是我最心痛的梁祝

幽蓝幽蓝的夜
是灵魂濒死时所看到的影像

一切是虚幻的
却又真实地发生过

荒夜

我无能为力的是梦的荒芜
我心有不甘的是这迟来的春色

东风辜负了我的等待
我辜负了晚盛的桃芳

在没有方向的恐惧里
我茫然四顾
只有冰冷的雨
在无尽的黑暗里抽泣

守望

我们在守望什么？你问
天是空的
地上是四季留下的足印
一行一行
伸向弯弯曲曲的远方

他们在守望什么？我问
夜色漆黑一片
那些个黯淡的星火
零零点点
也不知何年何月可以燎原

你们在守望什么？他问
序幕拉开时的锣鼓
皆在做戏的过程中消沉
一声生脆的啼哭
是否也能预示最终谢幕的情景

所有人都在守望什么呢？
所有人都在疑问

关于社会与责任
关于事业与爱情
以及那些错肩的熟悉与陌生

人生如寄

日子,叠加
搭起生命的舞台

幸与不幸
皆只是生活的宠溺或淬炼
顺逆之别
亦是成长中必然的经历

人生苦短
路却漫长

水的心

致柔，无状无形
水的心
容得下万物
而我的眼
却盛不了一滴泪

极刚，有棱有角
水的心
坚硬如冰山
而我的梦
早已是一片汪洋

鱼的眼泪

做一条记忆只七秒的鱼
应该是快乐的
至少,可以把美好留在过去
至少,可以把苦难转身忘记
我想做那条失忆的鱼
无忧无虑
可是它却明明在哭
只是,鱼的眼泪在水里
而我的眼泪在诗里

柔烟

柔烟如舞
袅袅婷婷
像极那故人
时隔经年
依旧在心头妙曼

柔烟,柔烟
迷离了我梦里的春天
别家时的眷恋
绕成我一生的曲线

柔烟似水啊
静静地淌过我的江南
蒙眬了我眼中的盼
漂白了沧桑的年

柔烟啊柔烟
是否一如当初不曾改变
不管行程多远
总叫我梦萦魂牵

对岸

一条河
我站这边
你在对岸

此岸
彼岸
风景迥然

风把波浪来回驱赶
河的眼泪从未流干

云做的船
却载不动沉重的思念

你是我的奇迹

你，是怎样的一个人啊
明明与我无关
却让我实实在在地牵绊
虚无缥缈的梦
活灵活现的人
一切，源自一次蓦然回首

你，到底藏身何处啊
明明可以感觉到你的存在
可就是找不到你
一种真真切切的隐痛
却又难以言表
已然，让思念成为了习惯

你，注定是我今生不醒的梦
天涯海角的你
是风与云留给世界的传说
近在咫尺的你
是我和你永不脱节的默契

你是我的奇迹
我是你的秘密

寂寞的月亮

月亮是无辜的
她倾听了太多太多
有关寂寞的传说
静静地聆听
默默地承受
除此之外
她又能做些什么

人世间的悲欢离合
在她身不由己的阴晴圆缺里
循环往复
夜如潮水的起起落落
沉没了古今多少燕舞莺歌
无可奈何

长安城里的挽歌
秦淮岸边的灯火
夜夜奏响的筝箫琴瑟
一弯月的寂寞
又有谁懂
独自心伤的泪流成河

门与灯

曲已终，年将尽
卸了粉墨
整理好患得患失的心情

把一身风尘
抖落在村口的路边
叩响，时常梦见的那扇门

在门后
有粗糙的双手
浑浊却慈爱的眼睛

还有，那盏
无比亮堂
无限温暖的灯

把诗泡在水里

把一首诗泡在水里
泡在,午后那朵月季尚未褪色的
眼泪中
我冰凉的文字被挂在锋利的刺尖上
因失血而面容苍白

不寄望有人能读懂这些看似杂乱
且咸涩的句子
也不需要路人投来
毫无来由的怜悯的目光

就让我用这五月的雨水
把湿透而模糊的字迹搓揉成
一条鱼的样子
于寂寞里无拘无束地游走

诗人，你为何忧伤

诗人啊！你为何如此忧伤
那天边的云朵以及海浪
总是在你梦中彷徨
一场花事
一段时光
一份惆怅
你的心，是那风雨中被淋湿的翅膀

诗人哟！你为什么会这么忧伤
那秋霜染红的枫林
还有在天空划过的雁行
一片落叶
一溪流水
一窗月光
你的情，是那孤独的帆在寂寞中远航

诗人呀！你能不能不要这样忧伤
大千世界的纷纷扰扰
统统驱逐出你的梦乡
一杯清茶
一室灯火
一剪梅花
你的诗，应该是冬夜里熊熊的篝火
温暖人生路上的山高水长

悠悠的歌

那秋天
我把蒲公英轻轻地吹
飞哟！飞哟！
飞入少年恬恬的梦

就算是失去，不就是痛苦吗
反正这也是思念，那也是思念
慧儿哟
快把那青春的歌儿悠悠地唱

宽容

我们都会犯错
却为何不能容忍
别人犯下的错

人生没有
一个绝对公平的起点
怨恨,并不能拔高自身的纬度

卑微亦能成就伟大
优越也可滋生堕落

优秀者之所以优秀
那是因为
他不会在狭隘里偏执
他懂得在宽容中放下

当我的目标是星辰大海
又怎会让一片乌云
给遮住了眼睛

错位

在错的时间
遇见对的人

所有的不甘
也终归是今生的
无可奈何

原谅我不能开始
也原谅命运的生不逢时

时间,都去哪儿了

时间,都去哪儿了
青春,都去哪儿了

我能看见水在流淌
却感受不到时光的流逝

涓涓细流
汇成了江海
而时间
在我的指尖
悄无声息地划过

流过一天的忙碌
流过一季的忧伤
流过一生的守望
时间啊,你到底流向了何方

我多么希望
你能带走我的伤痛与迷茫
留下青春和美好

月亮睡在掌心上

在月色晴好的夜晚
漫不经心地
沿河道边铺满花香的小径
揣一怀柔软的心绪
走进银光浮动宛若琉璃的深处
让迎面而来的水风
如梦中温存的手指梳过发间
眯起眼睛享受这般过电的酥麻
我不介意叫月亮看见此刻贪婪的模样

她是在偷偷地笑吗
多像你看我时眼里的那种蒙眬
羞怯却无一丝的躲闪
只需那么轻轻地一瞟
就足以紊乱我强作镇定的呼吸
我好想捧起这样的月亮
就如同抚摸你梦幻般的脸庞
让你的柔情融入我的胸膛
好像今晚的月亮
甜甜地睡在我的手掌心上

星星落在草地上

把一种诱惑藏在眼睛里
像一朵羞涩的小花
躲进月亮下的草丛
星星不再遥远
在闪动的睫毛外面
那个世界，仿佛在梦里出现过

捧起微凉装满星斗的茶杯
我用舌尖轻轻搅动冷却的梦境
缓缓回暖呼吸
风一样穿过隔在你我之间的空旷
火苗，再一次欢快地跳跃
舔舐着彼此燥热的脸庞

月亮挂在我的指尖

在没有风的日子
云亦如丝般轻淡
盈盈地浮荡在深蓝的背影里
我想起多年前放飞的那只鸟
如今身在何方

太阳的光芒刺痛了我的视线
我把手轻轻地横在眉间
从不奢望能把深邃的远方看透
我只想月亮能挂在我的指尖

海的声音在天边萦回
其实,我离你如此之近
近到只隔着一次心跳
我一直小心翼翼
害怕我的呼吸将那层轻纱掀起

心事如烟

一缕烟
想像云一样的高度
轻盈以及浪漫

那是一个美得近乎虚幻的梦
无法企及的距离
让烟魂飞魄散

我的心事如烟
而你,会不会是那
飘忽不定的云

空灵之心

世间的愁苦与喜乐总是相生相克
我的记忆更多地眷恋在春暖花开的时节

穿行于种种不堪的现实里
本能的欲望亦随得失之患死去活来

肉体的污垢难以洗净
最大的奢望是愿自己拥抱一颗空灵之心

星星睡不着的时候

草儿睡了
花儿睡了
唱歌的虫儿
也累了
四周静悄悄地
一切,宁静祥和
只有我
对着星星发呆
一颗,两颗
她在调皮地眨着眼
莫非
我被她看穿了心事

直视的目光

面对面
你静默如山
绣着松涛与云朵的衣袂
更彰显你的气度不凡

面对面
你深沉似海
刻着浪峰与鸥翅的背影
更衬托你的胸襟辽阔

面对面
我直视的目光
坚定地对齐远方的地平线

苦海

狂风恶浪吞噬着泅渡的
肉体
但,淹没不了飞翔的心

现实是挣不脱的牢笼
梦想是遥不可及的星空

苦海无边
回不见岸

答案

我，自说自话
时代，已千变万化
我仅仅驾驭着良知尚存的思想
而时代，却奴役了我肉体生存的世界

曾经的热血沸腾
早已干涸成龟裂的河床
崇高的理想
坚定的信仰
在满是铜臭的潮流中
湮没消亡

谁能给我一把精准的尺
来把幸福的标准衡量
富足的物质有什么值得炫耀
精神的贫瘠才是真正的悲凉

是一个时代改变了世界
还是世界生产这个畸形的怪胎
当所有的美好在金钱的碾压下
渐渐地支离破碎
有关社会及命运的方向与结局
恐怕，只有手捧历史课本的人知道

嘿，男子汉

比风儿更柔，比朝霞更艳丽
你来了
在忙碌的清晨
在孤独伤怀的夜晚
心绪像春天的花儿，慌乱地盛开

你注意到我吗
如果，你已将我遗忘
我向明月祈祷
男子汉的我哟，绝对不可以爱上她

可是，那不知所措的眼眸
朝问赤日，暮问星
为何
见也失魂，不见也落魄

第二章 走过四季

THROUGH THE FOUR SEASONS

眸

心泉之眼
分春水秋波之辨

迎来潮生
送往汐落

我清澈的魂魄
宛若雨洗之后的天空
通透晶莹,如你所愿

老屋

云
从后山
飘来
又从
老屋顶
飘走

鸟
在树上
做窝
我
从老屋
离开

一晃
许多年
听说
老屋塌了
也不知
那云
飘回没有
鸟窝
还
在不在

相师山传奇

烈烈汉风　殷殷楚地
相师的青山碧水以及传说
如须如藤如根
在我们的躯体与灵魂
烙下血管般的印记

一峰如剑
可斩万马千军
一念成佛
拯救天下苍生
相是王的相
成就江山社稷
抖落一身功名
师是相的师
择一处神仙福地归隐
从此不问凡尘

相师山　千年万载的山啊
孕育了一脉相承的人文
先祖种下的树
也早已开枝散叶
在幕阜、在异地他乡茂密成林
而大山深处回响的相师传奇哟
总是抚慰滋养
我漂泊的心

端午·祭

汨罗的江水
如日夜奔流的血液
从未冷却
流经千年古老的岁月
依旧如诉如泣
那是从骨子里迸发出的
为苍生请命
为家国舍身
来自灵魂的呐喊

漫长的江岸线
是谁留下怆然的背影
用手中的剑
在自己顶天立地的傲骨上
铭刻下那段悲壮的历史
路漫漫其修远兮
吾将上下而求索
那犀利如光的眼神
穿透了黎明之前的至暗
点燃了一个民族前进的灯塔

青青艾草紧紧拽住了

那纵身一跃尚未沉没的魂魄
浓浓棕香幽幽飘荡于
风起云涌苍茫浩瀚的天空
劈波斩浪的龙舟
承载着千年万世的敬仰
屈子之躯已与江山同在
赤子之心已与日月同辉
端午铿锵的锣鼓
又一次敲响
那一曲不朽的《离骚》

风的样子

来得突然，走得随意
特立独行的个性
从不在乎他人怎么看
安静时，就算亿万双眼睛
也找不到她的踪影
她是诗行里一种意象的虚无
亦是绿梢上舞动的精灵

她在春阳下款款而行
往来于花草的梦境
她在江海中漂流
于绵延的浪涛凌波微步
她因温暖而轻柔
她因伤心而冷冽
她无处不在，却又无迹可寻

她抚过刘海飘逸的额头
她掀起婀娜多姿的衣袖
她在季节里自由自在地畅游
她牵着我的手在岁月中一路奔跑与追逐
其实啊！没有人见过她真正的样子
而我的眼眸，总会情不自禁地流露出
春的妩媚，夏的热烈，秋的丰韵
还有，雪花漫天时深情的守候

槐花之恋

岁岁如约
从我因你而心动的夏天
用淡雅之香
贯穿始终如一的洁白
呵护少年的爱情

相比争芬斗艳的三月
这时，是你精心而又羞怯的选择
避开乱眼的姹紫嫣红
纯净的素色
恰是我为你着迷的因

赐我一帘留白的梦境，可好
不想一次
把心里的情话说完
爱恋由来已久
你又岂不如是
许我一生，倾你一世

桃花

嫣然的色调
已涂上笔端

春光明媚的日子
趁着东风柔和
于燕尾剪过的水面
构图作画

细心地将美人那回眸一笑
轻轻点上一抹朱砂
于眉间的吟思里
等待蝴蝶飞来

是谁纤细的手指撩动了
三月的阳春水
久歇的琴弦
也忍不住在花儿弄首的一霎那
微微地颤动

荷花

一只小小的蜻蜓
在找寻去年曾歇脚的地方

熟悉又陌生的重逢
于我清晨的柔梦里
悄悄地兑现了别时的承诺

太平洋的东南季风
准时掀开裹住羞怯的帏帐
露珠与欣喜的泪水混在一起
打湿了我急促的呼吸

轻轻仰起的脸庞
泛散出火的温度
伸手触摸舞动的裙带
我的心
被一朵出水的芙蓉占据

菊花

在蘸满秋霜的日子
姹紫嫣红的印象
悄然转换为黑白的水墨
云淡成一缕轻烟
缥缈而又迷离

风把一种悲戚的情绪
传染给了面黄肌瘦的草木
一只孤独的蝴蝶
也身不由己地踏上归途

清冷的月光
漏进南山下稀疏篱墙
我煮了一壶陶公采摘的茶
相邀那傲然遗世的女子
赴梦里长安
共赏满城黄金甲

梅花

走进银蛇蜡象的写意
于冰雪封冻的章节
风的表达
总是粗犷而直白
将嘶哑的歌声绑在树梢
唤醒点点炽热的记忆

喜鹊以传统的方式
见证了最忠贞的表白
是谁把一种近似倔强的等待
紧紧捂在胸怀

我想变成骑着白马的王子
踏着日月星光
马不停蹄地赶来
趁冰雪未消时
把你鲜红的盖头掀开

秋风

秋风吹着怆然的口哨
划过我空旷的视界
把寂寞的苇花卷起
合成一段带着呜咽的和声
野草嘶哑的嗓音
在这个伤感的季节里
显得那么微不足道

从枝丫上飞落的片片黄叶
正在上演她的生离死别
频频回首的眷恋与不舍
宛若葬礼上的告别
云亦悲伤落水
融化在冰凉的眼泪里
一切,肃穆而庄严

此刻,我的心
也在我苍茫的诗行间死去
笔尖流尽最后的一滴血液
等待秋风风干
但愿此后
有人能捂着这束枯槁的文字
静候春暖花开

夏日里的乡景

绿色的风漫过那条起伏的山岗
满畈涌起的碧浪
吞没了清浅的河流

正午的太阳考验着蜻蜓的智慧
狗尾巴草打着盹
几个光屁股的小泥猴
贼头贼脑地去偷邻居家的菱角

蝉躲在树叶后面不安分地聒噪着
青禾间时隐时现的草帽
有人在挥汗如雨

我想去田野里采一捧清凉的水
然后一饮而尽
顺便割一筐青嫩的草
去找在树荫下闭目养神的老牛
说道说道
往后的天气跟收成

立秋

夏花在我不舍的目光里黯然别离
一场毫无征兆的雨
将所有炽热的痕迹洗去
蝉在一个沉闷的黄昏痛哭一场
从此,欢快的嘒嘒大调蜕变成忧伤小调

风与云又一次和好如初
踏上凡尔赛式的浪漫之旅
带着心照不宣的默契
前往海天一色的湛蓝梦里
寻找下一个奇迹

一条河穿过宁静的夜
把黄昏与黎明连接
星光在我举起的酒杯中沉没
而月色漫过心坎
泡软了我心尖上的那首情歌

天空

天空,在我的清晨
柔和的晨曦,鸟影以及由远及近的风
我的前方是平行的海面
目光拉伸至被无穷放大的遥远
除了疑问,也只能剩下想象
云散开的时候,那些深蓝画面竟然无处不在
看不见的雷声与看得见的闪电
在我头顶的天空里消失了

天空,在我的夜晚
那轮古老的月亮如一面镜子
映着我疲惫而沧桑的脸
还有那些被无数双眼睛好奇过的星斗
总是若隐若现沉默寡言
所有不堪提起的兴荣与衰败
像极了佛经里的昙花一现
可能,我也只是延续了一个华丽的梦
生生不息,代代相传
亘古的天空忽略了时间

天空,在我的手背是夏的烈焰
天空,在我的掌心是冬的飞雪
天空,在我的眉梢是春的新绿
天空,在我的心尖是秋的清澄
我在我的天空看见了你们的天空

与云同行

为何,我是如此羡慕
你漫不经心的样子
慵懒,随性
脱俗,率真
无拘无束地流浪
天长地久的远方

你是风雨欲来时的凝重
你是雨过天晴后的开心
与日月星辰为伴
细数舒卷之间的沧海桑田

诗人以你为马
情人约你入梦
而我,却只想与你
四海为家,携手同行
一起走过四季的山高水远

秋月吟

描一轮明月
悬于唐诗宋词的窗前

云淡风轻的秋夜
略备薄酒，正襟危坐
对太白吟诵的广寒绝唱
端杯颔首，躬身相邀

清影云弄，银辉泻地
当趁酒过三巡起舞助兴
借瑶池仙乐击柎传觞
学士欣然提笔
可有美赋，赠予婵娟

遥想当年，嫦娥飞升
人间从此多断肠
阴晴圆缺，悲欢离合
皆作丹桂一缕魂
时至此月千里共
似曾相识古与今

岁月

岁月是无辜的
尽管,有太多的人
将太多的抱怨
太多的遗憾
太多的无法重来
都归咎于她的冷漠和无情

人,总是被太多欲望所左右
以至无法看清
真正的自己
一生,忙于追逐与算计
到头来依旧两手空空

拥有时不知珍惜
等失去后才如梦方醒
追悔莫及
岁月的脚步总是不缓不急
静看春暖花开
默送寒冬归去

万丈红尘
芸芸众生

有人幡然醒悟
有人执迷不悟
一切皆因果
岁月不负有心人
心在
岁月终将对你
一往情深

晚风

风
在红云渐薄时
悄悄地
吻了我的刘海

目送最后一只
消失在天际的鸟影
些许寞落
顽固地纠缠在眼底

其实这个时候
我渴望有一个开心的理由
比如
在这习习的晚风中
尽情地想某个人

让自己沉醉在
萦于心脾的清凉的笑声中

回首

身后,一条来时的路
弯弯曲曲
隐没在与我道别的那片光阴里
一路走来
只顾贪恋了沿途的风景
不知不觉间
忘记了追求和放弃

多少年过去
我依然不知疲倦地往前走
走过了山
走过了水
走过了平原与沟壑
走过了无数的清晨与日暮
就这样走啊走

春天去了又回
秋天来了又走
黑发的少年如今已是白霜满头
不知道自己还要走到什么时候
蓦然回首
昨夜星辰依旧

而我，却迷失了归途

再回首时难聚首
空余恨，泪潸然
一段行走在时光里的旅程
我从蹒跚学步开始
又将以步履蹒跚结束
回首往事
从这一头走到那一头

尽春

穷其一春
也终究是花红不过百日
找了诸多开脱的理由
仍掩饰不了
残花败柳的伤愁

那些妖娆的妆扮
只是为了迎合台下看戏的人
他们虚假的惊叹
一文不值

春之将逝
世间总是少不了不加雕琢的慈悲之心
唯有那一江春水
尽情东流

春雨霏霏

春雨霏霏,无声地湿透了我的眼眸
风轻柔地吹拂
似乎要把我的视线在烟雨中弯曲
我的目光轻盈地掠过无数朵晶莹的花蕾
最终与一汪清澈碰撞成圈圈的涟漪
我不由地惊叹自己是如此地敏锐而多情
我好像捕捉到了那片飘忽的影子
还有一丝甘之如饴的清润
不把心底的秘密轻易地说出来
久未联系,不等于彼此忘记
这样一场恰到好处的雨
就这样在这个相宜的春夜走心地下着
我含笑走向梦境
快活地奔向那一片色彩斑斓

春风的触角

春风的触角如新生的藤蔓悄无声息地在空气中潜伏
我把午后的时光放在太阳下温暖
闭上双目我能感受到天边涌动的潮浪
伸出舌尖轻尝风里的丝丝花的甘香

逝去的蝴蝶破茧归来
我突然怀念起那只断线的风筝
想起她从手里努力挣脱的样子
义无反顾地跟着云朵去了远方

唉,那些个陈年旧事啊
总是不失时机地愈想忘记却愈发清晰地触及
我心中藏匿最深的柔软

寄给夏天

夏的深处
有风，有轻吟与急促

你，在一帏翠幔中
含羞待嫁

写一首浓烈且直白的情诗
寄给夏天，那一眸波光

夏雨多情

春风已过
夏雨初来

柳枝骄傲着性感的弧度
而蔷薇花正是恋爱的年纪

风俘获了云的芳心
在电闪雷鸣的婚礼上喜极而泣

一场初夏的雨
奏响了爱的狂欢曲

夏天短得像风

雨还在下
天和地就这样缠绵了好几天

空气变得凉爽
没了前几日的闷热
知了也停止了歌唱
只剩树在路边茕茕孑立
少了吟唱,越发显得寂寥

夏天还没回味,便已走远
秋来了

冯唐说:秋天短到没有,你我短到不能回头
那么夏呢
蛙鼓,蝉鸣,夜晚星星点点的流萤
还有我穿也穿不完的连衣裙……
我还没有听够,看够,美够,你就要走了吗

夏天短得像风
刚一吹就过
又像极了爱
一触碰就破

秋

金黄的叶子
在我的眼中舞成了蝶
翩翩飞在一往情深的季节
我想捕捉些许忽闪灵动的音符
谱成一首优美的曲子
于你弹指之间
奏响让我贪恋的繁华

我爱这秋天

你说，小溪潺潺
就是这小溪

你说，格桑花开
就是这格桑花

你说，秋天来了
就是这秋天……

我爱小溪
我爱格桑花
我爱这秋天
满目星河，无一不是你

外公的搭档

儿时
我有一个好朋友
外公的搭档
一头上了岁数的黄牛
我叫它老黄
脾气好
不倔强

清晨
我牵着它
去山上吃草
我走前
它走后

晌午
树荫下
吃饱喝足的老牛
甩动尾巴赶苍蝇
我打盹
它反刍

黄昏

太阳落山了
老黄慢悠悠往回走
肚皮撑得像皮球
我骑牛
牛走路

家里几亩田地
全靠老黄任劳任怨
外公犁地时
从不用鞭子
老黄是外公的命根子

后来老黄老了
拉不动犁了
直到有一天
老黄永远地睡着了
我哭得好伤心好伤心

好多年过去了
我早已离开生活过的小山村
很多记忆渐渐淡忘
可是怎么也忘不了
外公的好搭档
我当年的那个好朋友
我叫它老黄

印度洋的季风

风起之时
你为我寄来云朵
以及湿咸的气息
印度洋的季风
在一年一度的假期归来
我的眼
已望成沉入水底的月
而那朵云
却意外地下起了雨

风啄开干裂的嘴唇
询问一段往事
却全然不知
正好戳中某个痛处
不忍心去责怪
漂洋过海而来的信使
被闪电击中的鸽子
散落的羽毛沾在了信封上
遮住了寄件的地址

行走人生

究竟是怎样的一个开始
将我引诱
往一片虚无的深处
一点一点地堕落
甚至,是怀着一种
心甘情愿的迫不及待

临时拼凑的剧本
那些意想不到情节
总是让人亢奋乃至血脉贲张
而那些表演者
都展现出惊人的天赋
在一个古怪鲜活的梦里
不停地碰撞交集

一场盛宴
所有的参与都无须彩排
那个看不见摸不着的导演
有一双超级神奇的手
让无数或笑或哭的场景
在一个无限大的镜头前一次通过

真是一场终极狂欢

每一双眼明明可以看得清清楚楚
可就是不愿睁开
或许,眼皮是最好最安全的屏障
没有人真正在乎
梦的尽头在哪儿

武汉的雨

武汉下雨了
下在抗疫硝烟散去
下在解封重启
下在夏花灿烂
下在生机盎然的五月

雨水清凉
人心舒爽
曾经的困顿迷茫
都随着欢快的洪流
化作长江里奔腾的巨浪
坚强乐观的武汉人
在雨中憧憬畅想

城市焕发生机
日子天天向上
及时雨洗净劫后的倦容
催生更加强大的力量
雨丝飞扬
万物欢唱
武汉，每天不一样

失语的石头

那些一直站着的从未挪动的石头
那些从未见其晃动从未闻其开的石头
那些走过远古洪荒看过无尽荣衰的石头
那些端坐如山早已失语多年的石头
宛若满脸风霜入定的老僧
沉默着他历经的冰冷千年的昼夜

我无法走进他那波澜不惊的气息
也无法感受那些深藏在粗糙的皮肤下不为人知的伤痛
尽管我是如此强烈地渴望能够从他冷峻的神情里
得到启示
关于生命,关于宇宙
关于过去以及未来……

雪花

地上的花
开了一季又一季
谢了一茬又一茬
有人笑盈盈
有人泪巴巴

而我在等你——
雪花
我的天空之花
我望穿秋水
只为与你共白发

雪花,幸运的精灵之花
我的心,我的梦
时时把你牵挂
多想与你一起盛开飘洒
于大地之怀,融化、融化

第三章

A F T E R T U R N I N G

转身以后

一败涂地

秋来，风起
弱不禁风的黄叶
萧瑟了记忆
在你面前
我最终
一败涂地

来不及

来不及送别
你已悄无声息地转身离去
季节里最后的一缕风
从我张开的指缝穿过
把一些无忧的时光
凝刻成青涩朦胧的背影

来不及挽留
你已踏上扬鞭逐梦的行程
春天里最后的一场雨
在我清纯的眼眸间泛滥成河
将年少的轻狂透湿成泥

来不及珍惜
你已奔向浪涛汹涌的人海
诗歌里最后的一次抒情
已让我肆无忌惮地挥霍殆尽
一旦误入江湖路
此生便是江湖人

来不及送你
来不及把最好年华给你
所幸来得及用往后余生爱你
还回不回来
我等在很久以前的那个时空里

红颜款款来

去年桃花落时
我的春天枯萎在那层厚厚的落红里
没有愁肠百结的幽怨
只是，深感愧疚与自责
没能挽留下那缕决绝离去的春风
没能守护那片嫣然若梦的芳菲
我的诗句变得索然无味

我苦苦等候了一个苍白而漫长的冬天
三月的雨，在雪花飞尽时姗姗来迟
一切，恍然如梦啊
放下冰凉的酒杯我扬起微醉的目光
任其跳跃于烟雨弥散的川野
山坡下，一抹冷艳的身影
不知不觉已然在心尖风华绝代地舞动

那是我的红颜
梦中的红颜吗
温润的眼底再次蹿动着一簇灼烈的火苗
把心中早已冷却的血液煮沸
今又桃花开，红颜款款来

十里春风

谁曾许我一季春风
于柳绿花红的诗行间赏莺歌燕舞
为此,我抖落一身的尘土
茫然四顾,却只见有人洒泪成雨

守了一个冬的明前茶
迟迟不肯含香一笑
储存的雪融作一杯浑浊的酒

我还未曾抚摸一下蝴蝶的翅膀
那个春天竟早已残破不堪
为何明明是如此深情的许诺
眨眼变成一丛衰老的杂草

于是,我把一个最大的谎言留给自己
下辈子,如果能有下辈子
十里春风,我去找你

若

情到深处
亦无言
没有假装的深沉
你若不问
就足以证明
我的真

目光里的净
是爱的魂
只想凝视清澈的眼睛
你若相迎
就足以抚慰
我的心

若，你还在
红尘于我即无尘
若，你会来
就不枉我今世的等

裂

夜,被一道炽白的愤怒
冷酷凶残地撕裂
所有压抑
这一刻,化作滂沱的雨

我在一片哀声四起的剧情里
已彻底沦落成
悲情的龙套

没有你听得见的台词
只有你看不见的荒凉

无穷无尽的孤寂
不知不觉已泛滥成河

给你一首诗

我想给你很多
可我什么也给不了

纵使光阴荒芜
天地苍老
我，只要你安好

给你安宁不扰的成全
给你柔念兀起的浅笑

给你，写一首小诗
以慰君梦
不知，你看到或看不到

做一个爱笑的人

从那以后，我用尽所有力气
想把日子过成喜剧的效果
因为，一个爱笑的人
会忘掉忧伤

强迫自己用生硬的诙谐
让日渐枯萎的时光饶有风趣
这样，总比疼痛的清醒
更能让我无艾无怨

或许，遗忘是一种假象
可我除了能在黑夜打捞这些残破的文字
又还能怎样存放夙愿
你的眉间
已晾晒不了我湿透的诗行

花开的样子,那是你在微笑

将你的柔美,娇羞及芬芳
在我屏息凝神之间
以一种抒情的姿势
慢放

所有的细节
我尽可能地储存得无比清晰
因为,我害怕
这嘈杂的尘世会让我
把你的容颜淡忘

花开的样子
那是你在微笑

那年,栀子花开

夜风,含蓄而又温和
月亮似乎更懂花的心思
微笑着鼓励她们
把芳香的情怀敞开
星星依然调皮而可爱
眨着眼睛在挑逗含苞欲放的羞怯

露水已凝成了珍珠
在月光下闪动迷离的色彩
空气是香甜的
朦胧的花影弥漫着暧昧的味道
轻轻翻开尘封已久的相册
重回那年栀子花开的夏夜

一袭白色的连衣裙
乌黑的秀发扎成马尾
被夜风撩起的刘海
清澈的眼睛流淌出如水柔情
纯净而娇羞
站在栀子花下
楚楚动人
那一刻,我许下了一生愿景

今夜,轻抚着记忆的花瓣
贪婪地呼吸着不曾散去的芬芳
卸下生活的面具
纵情地想起
那年,栀子花开
我与你

栀子花

我静静地开放
守着一袭烟雨的旧梦
任温婉的体香
于一首孤独了千年的诗里
恣意飘弥

无数双鞋穿过我眼前
消失在深深的小巷里
只在厚厚的青石板
留下被岁月打磨的痕迹

一方红色的丝帕
从高高的绣楼上飞落
我拨弄琴弦的手指尖
竟然钻心地疼
我的泪在烟雨中的江南淌成一条河

河那边是那人如歌的背影
河这边是我的相思

花月收起

决绝与你
自此云烟消散
一别两宽
埋藏或许最好

花月收起
长情不忆
我的天空已清澄
往后不再
有你的剪影掠过

又见蔷薇

我沧桑的目光,落在儿时
放牛的山坡上
几处翠绿与嫣红,半遮半掩地
诱惑少年的眼睛
还有满口清甜长着肉刺嫩苔的味道

人间五月,最美莫过蔷薇花开
风是香柔的,我的眼眸
被那道倩影霸占
让我无比疼惜地只想把最美的
情诗写给你

多年以后的久别重逢
请忽略我苍老的容颜吧
对你,我胸腔跳动的
依然只有这颗青涩的少年的心

你的归期

你的离去
亦如秋叶飘零

我的思念
变成枝头的苞芽

天涯虽远
却不曾片刻忘记

春风来时
那必是你的归期

无可替代

春风替代了飞雪
芬菲替代了荒芜
我也试着用微笑替代眼泪
用忙碌填充孤独
生命中的某些选项
似乎变得可有可无
替代或许是一剂良方
就让我用月光替代思念
用诗歌替代倾诉
可是，对于早已潜入我心底的你
有谁可以替代
谁也无可替代

我愿意

我愿意忍受孤独的煎熬
因为这孤独是我思念的注脚
每一次呼吸,每一次心跳
都是我为你积攒的分分秒秒
填满身体的每一个细胞

我愿意等待祈盼的美妙
因为这祈盼是我向往的暖巢
每一季花开,每一季叶飘
都是我为你许下虔诚的祈祷
只想拥有你心灵的拥抱

我愿意为你闪烁泪光而笑
我愿意为你坚守最后的离骚
我愿意为你耗尽一生的心力
我愿意为你不过奈何桥
亲爱的,我愿意

且作猜想

其实,我是能猜到一点
有关你及夏日
尚未达成的默契
无风的白昼异常浮躁
而夜晚
在嵌满星星的天空上
我可能亦如
那只若隐若现的流萤
慢慢地
飞出你的眼睛

假如,我不曾认识你

假如,没有那次意外的相遇
或许至今,我也不会相信这世界
真的存在奇迹
茫茫苍穹的两颗流星
竟然可以于冥冥之中发生交集
让生命之光能如此地璀璨瑰丽

那是亿万次的错过啊
才等来一生中唯一的传奇
就算粉身碎骨
就算万劫不复
也要一往无前义无反顾
成砾成灰也要拥抱一起

假如,我不曾认识你
我的心此刻会安放在哪里
会不会依然孤独地游荡在天际
可我偏偏就遇见了你
从此,嵌入共同的轨迹
地老天荒永不分离

叶已别秋

是的，我已无法转身
用消瘦的手指
去抚慰被命运皴裂的记忆
老痂如茧，沧桑如铁
那些过往我只想轻轻地挥手告别
其实我也有柔情似水的时候
比如在某个孤独而安静的夜晚
总有些甜蜜微笑的瞬间
让我想到，并不是所有的落花是故意
留给春的伤痛

我能真切地感受那是一场爱的成全
纵使眼泪奔流如潮
那也是季节留给你我的美好的怀想
当我揣着一颗赤诚之心重新踏上征途
不用回头，叶已别秋
我想我只需要
抖一抖肩上的尘土
然后，与昨天的自己从容道别

雨丝

抑郁的天空下
雨丝在无声地坠落
密密斜斜
挂满我的车窗
无法承重的水珠
顺着玻璃滑落
长长的湿痕
让我想起
某个伤心时刻的脸庞

这是一种自我情绪的暗示么
竟然被眼前的景象所触动
心,也跟着隐隐作痛
雨丝纷乱而至
而那些早已沉淀的往事
此刻,却如浮标
勾起关于你的回忆
随心潮起浮,攒动不止
可惜我再也无法捧起
你脸庞上的
一串串断线的珍珠

若能忘记，何必想起

时间
是最好的检测剂
承诺与谎言
无论过去了多久
都会原形毕现

我说早已忘记
也无情地强迫自己
放下是一种饶恕
离开是一种解脱
最终，无非自己骗自己

你将身心藏匿
却把微笑遗落在我梦里
只有假装失忆
放过我也放过你
此生杳无消息

若能忘记，何必想起

被雨淋湿的诗

晨雨替代了夜雨
只是没了狂躁的脾气

故事远没有结束
只是剧情愈发温柔

一场七月的花事
沦陷于一个精心设计的
阴谋

脸庞的泪痕未干
被雨淋湿的诗飘散一地

不言再见，再见无期

一支烟，在指间点燃了六月的雪
袅袅升腾的云
托不住我轻轻呼出的一口气
雪瓣飘落如折翅的孤鸿
一头栽进我冰冷的怀里
我沧桑的胸膛又被覆上一层岁月的灰尘
天空在极度压抑的气氛中撕裂

几道刺目的光
像极了涨暴的血管
喷溅一地且不堪回首的往事
就这样在涣散的瞳孔中一点一点地消失
只剩下干枯无法曲张的手指
还紧紧攥着空瘪的烟蒂
眼前的一切是如此地遥远
自此别过，注定辜负所有的不舍

不言再见，再见无期

许

春风不许
笙箫已默
在雨中点燃的篝火
冷却成残破的河

为青春唱一支挽歌
忘了谁的对错
走过的是旅途
辜负的是蹉跎

许了无法了的愿
你问，拿什么偿还

离若

用一首诗录下春的余音
让眼中的美好在心底延续

既然所有的妩媚都有残缺的一天
就没有理由不去珍惜有缘的遇见

生命中的离聚如世间的冷暖
春风拂过夏雨飘飞

多年前的风

多年前的风
吹过，多年前的那个春天

花开了又落
清溪蜿蜒不复还

多年以后的风
吹过，多年以后的那个冬天

云卷了又舒
漂泊的脚步是否早已踏上归途

悄悄话

捧一捧月光
让如水的温柔
轻轻洒满你恬恬的梦境
在这个宁静的夏夜
我对着月亮倾诉着心事

蛙声唱和着彼此的情意绵绵
风,如曾经你抚过我发梢的手指
柔软得让我沉醉
槐花的清香沐浴着我每一寸肌肤
这样的时刻,真的特别适合思念

树影摇曳,恍惚是你的身影
翩翩对我而舞
千里之外,那扇窗是否为我开启
我好想化成一只庄周的蝶
用彩色的翅膀将你轻拥入怀

或许,我们的故事还没开始
或许,我们的故事已经结束
或许,你不愿触及我忧伤的眼睛
就让你安静地入梦吧
我不会让心中的悄悄话
去搅扰你清平的世界

荒原上的歌谣

作别秋风，循着云飘落的方向
聆听，一支荒原上的歌谣

没有人能理解，在这决绝
的背影里，掩埋着怎样的忧伤

你，流下冰凉的眼泪
我，拾起残破的诗行

请允许我想你

请允许我没有征得你的同意
私自又想了你一回
你说相思很苦叫我别想
请原谅,这次我没听你的

我记得你的很多叮嘱
不抽烟,少喝酒,莫熬夜
这些,我都记得并照做了
唯独,让我不想你却恕难从命

想你,如呼吸般自然
想你,如饮食般必须
想你,是我感情世界的全部
不想,我的灵魂去往何处

有一种距离

我与你
相距万水千山
此生
无缘相见

我与你
相距咫尺之间
每天
隔屏相望

有一种距离
一生不见
却一世想念

那年的以后

时间过了多久
那年的以后
我一直在追随流浪的日头

你离开了多久
那年的以后
那风再也没能将花儿暖透

我寻觅了多久
那年的以后
只为一次邂逅而付出一生的回眸

那年,牵过的手
以后的以后
我还需要牵挂多久

重温

茶凉当弃
酒陈可温

饮陈年的酒
解旧梦的愁

你
走与不走

注定是我
忍不住的回眸

天涯

有好多话
想对你说却不曾说出口
捂在怀中
捂成午夜时掌心里的一捧柔

风依然在寂寞地行走
把思念带往一个荒凉的星球
没有玉兔与桂花酒
又怎么能解这人世间的愁

青春已在岁月中走丢
爱终是挣脱不了命运的诅咒
一个是天涯的明月光
一个是窗前的地上霜

我来看过你

是的，我来看过你
你一定不会知道
那一刻，我离你如此地近

我悄悄地
来到你的城市
像流浪的风
像漂泊的云

在你生活的地方
我深深地呼吸
空气中有你的气息

我来过
不想打扰你的安宁
我走了
留下一颗眷恋的心

为你种一株勿忘我

春花开过后
心花也随之凋零
梦里的落红
漫山遍野

风不解我的忧伤
只管任性地吹
它看不见我眼底的云
已饱含泪滴

一颗心在时光里静坐
慢慢变得坚硬
可血的温度还在啊
仍顽强地在体内奔腾

就让我为你
种下一株勿忘我吧
今生,错过了最爱的人
那就让我默默守护
这份最真的情

秋之心

捡起一片叶，如心，深红
像朵火焰的标本
我想用掌心将其捂热
可那凝固的血液
反释着铁一样的冰冷

静止的脉络如干涸的河
篆刻出不屈的一生
用生命最后的忠贞
为秋写下唯美的诗文

我赞叹这高贵且忧伤的灵魂
将它安放于记录心语的笔记本
愿此红心不朽
暖我往后余生

邂逅

我的笔，邂逅春风
情不自禁生出花朵
素雅芳菲，嫣然色暖
我的诗行春意盎然

我的眼，邂逅秋水
那一眸白云蓝天
引诱了我迷恋的视线
在一汪纯净里流连忘返

我的心，邂逅了你
如冬夜那团燃烧的火焰
驱散了黑暗与严寒
让我的世界光辉灿烂

第四章 MIDNIGHT THOUGHTS 午夜思绪

第一场雪下在夜里

远山陷入昏睡
风哭哑了声音
月与星都选择性失明
水塘被冻结了痂
老槐树皮又多了几道皴裂的伤口
没人知道蝴蝶去了哪里
自从玫瑰凋零以后
我再也没看见它们在窗前飞舞

我已记不清多久没有你的消息
关于你的一切
就这么自然而然地悄无声息了
这个黑夜寂静得让人害怕
偌大的床空荡荡的
蜷缩在被子里几个小时脚还是冰冷
入冬后的第一场雪
终于在我失眠的夜里寂寞地分娩

野马撞进我怀

夜风如吻，温柔得让我忽略了少许的凉
星星已逃离到万里之外
而月亮依旧保持着逛街的姿势，不缓不急
索性熄灭掉一屋子空洞的灯光
像一条孤独的鱼安静地蛰伏在夜的深处

被风偷吻过的头发有点凌乱
我的唇似乎也淡忘了杯子里水的温度
蔷薇花的香气偷偷从窗外溜进来
突然间发现自己有好多话竟无人可诉
时间慢慢将我的语言偷走

寂寞像一匹野马撞进我的怀里
把一堆早已陌生的词汇冲得七零八落
在月亮漫不经心的眼神里
我紧紧捂住苦不堪言的思念
直至在渐凉的梦里慢慢窒息昏迷

夜如潮水

子夜,在你梦里
远方的海涨潮了吗
是否悄无声息
一点一点
抬起了搁浅的船

就像我窗前的月
游弋在寂寞的海天

只是
船上载着的是你的梦
而月亮
却无声划过我的无眠

我的西施

西施很美
美得光阴不老穿越时空
让天下须眉心驰神往
我想去寻找
那个名叫西施的女子

我坚信我没有喝下那碗孟婆汤
不然,又怎会对我的西施念念不忘
那梦里的一颦一笑
那心头的举手投足
无不是脑海中难以拂去的记忆与向往

那剪令人魂牵梦萦的倩影
总是不失时机地在心尖舞动
伴着我的春花秋月
伴着我的墨淡茶香
与我携手在唐诗宋词的夜

我的西施啊
你可还在溪边浣纱
是否早就遗忘了狼烟里的吴兵越甲
是否也在苦等非君不嫁
让我带你烟波归隐浪迹天涯

你是我的夜来香

今夜的月
是我柔情似水的目光
轻轻地洒落你的窗前
愉悦地静静地流淌

那迷离的剪影
如让人沉醉的夜来香
轻盈地
在我心头绽放

就这样无声地环绕
就这样痴痴傻傻地守望

美丽的姑娘啊
你是我一世一生的夜来香
你尽管优雅芬芳
在这宁静祥和的夜
我怎敢把你打扰
不言爱，不言不爱
只把你喜欢，只把你思念

夜色如水

夜色如水
涤尽一肩的风尘
摘一捧星光
撒满我无眠的梦境

风,知趣且柔和
难得重拾这份久违的宁静
更有了饮茶的心情

拆封甘苦的心事入杯
在掌心捂暖
让那些幽远的曾经
划过心尖的味蕾

恰好想你时
是我钟爱的孤独的夜
听,夜色如水

今夜的风

夜，恰好的温度与湿度
心自然地恬静
拾起和星星中断的对话
一个喃喃自语
一个殷殷倾听

心事不再是谁的秘密
风，绕道而来
邀我于月光下席地而坐
某种心领神会的默契
在眨眼之间
将往事温柔回放

所有的言语已是多余
闭上眼睛，我只想与你缠绵亲吻

今夜潮涨

今夜潮涨
犹如我心澎湃
浪涛拍打着瘦削的岩石
似呐喊
在我急促的呼吸里
那么焦灼与惶恐
我的魂魄
已缥缈如烟
飞越千年的岸
那花依旧开放在
前世轮回的画图中
伸手去触摸
却是早已冰冷的血
那誓言不知何时
变成一把锈迹斑斑的剑
斩断了前路
割弃了归途
只剩下这孤零零的
歇斯底里的咆哮
一遍一遍地辗碎
那个我铭记了三生三世的名字
潮水汹涌
泛滥成今夜
我无休无止的梦境

那个谁

喂，那个谁
太阳下山，你可望见炊烟
悠悠身姿在夕阳下婉转
余晖点燃了河水
时光潺潺流过心坎

嗨，那个谁
风儿轻唱，月芽挂在窗前
树影摇落疏朗的星光
秋虫将夜曲奏响
你是否写下动情的诗行

噫，那个谁
夜深人静，为何还不入睡
那些想不完的心事
全部都放到枕头底下
请来我的梦里与我相会

笔下的雨

笔下的雨
下了一场又一场
心中的雨
淌了一地又一地

心烦时闭目听雨
于雨声里超然物外
心舒时微笑别雨
于风轻中淡然处世

笔下的雨善感多情
心中的雨潺潺如溪

孤独入眠

两个人的床
一个人的夜
独自看着窗前的月光
洒满我一枕的荒凉

我傻傻地望着她
是否，也照亮着你的梦境
千里之外
有双已安然入睡的眼睛

宁静的夜晚
我在叩打着心内的宫墙
若星星能够明白
定为你送去一朵花的思念

夕

天边流动无声的霞
风，适时地招摇而过
江水在柔和的光线里漾出酒的醉意
懒散的脚步，被归鸟吸引

席地而坐的眼睛
搜寻着余晖里云的身影
山那边仿佛有炊烟在袅袅婷婷
我期待星光点亮那盏老旧的油灯

夕照如金，世界拥抱着安宁
让习习的晚风
轻轻推开弥漫花香的梦之门
我想我能见到想见的人

亦迷离亦阑珊

夜幕拉开
我站在黑夜里
茫然四顾
天空的星星呼应着地上的灯火
亦迷离亦阑珊

城市的夜晚
游走在两个极端
闪烁的霓虹让人晕眩
而在寂静的角落
伸手不见五指的黑暗里
藏着空洞的眼睛

梦想与野心
被倒满酒的杯子放大到失真
荷塘的月色
只适合饮茶的人欣赏
冰冷的桥洞下面
寄宿着几个无家可归的人

烟花

眼睛里
迸出的火星
不小心
点燃了寂寞

夜
亢奋起来
那些诱人的花
霎那间
开得满心欢喜
炫目无比

可是
还来不及回味
在一声
歇斯底里之后
纸屑与硝土
飘成
一地

夜色如酒

凌乱的灯火
撩痒了不安分的心
白昼是挣不脱的枷锁
有人,期盼着放纵的夜
那支廉价的口红
在玻璃的碰撞声中
肆无忌惮地抛着媚眼
手表的秒针
依旧疯狂地追赶着时间
嘶哑的麦克风
流着深情的眼泪
酒是个高明的面具
总在最假的时候
露出最真的脸

夜之语

夜,容纳所有的疲惫
焦虑与不安
卸妆之后的躯体
本能地放松与轻盈
每一颗心,都在自由地飞

星是永久的朋友
总是在最失落的时候投来安慰的目光
我愿意对这些善解人意的精灵敞开心扉
倾诉所有的苦闷,分享所有的快乐
以及更多时的相视无言的心神交汇

我是如此痴迷夜的怀抱
做回真实的自己
写一首依旧满怀憧憬的小诗
轻轻地献给梦中的你

假寐

眼皮沉重
任星光掉落在杯子里
保持一种睡的姿势,一动不动

风闯进一片黑暗的世界
如千年的潭,深不见底
夜虫开始了它们的狂欢

匀称的呼吸入睡的状态
四肢懒散无力
可思想早已翻山越水
没有人能感知我的脑电波在怎样生长
那是一个比梦
更密更长更细更敏锐的触角

一颗流星

黑夜
有梦想
但
没有远方

感谢曾经
从我头顶划过
已消失在
天边的那颗流星

总让我
向孤寂的星空眺望
在彷徨的梦里缠绵

雪夜

夜，静寂无声
我听见你的呼吸渐渐临近
凝神屏息
怕惊扰了你轻盈的身影
夜空中怒放的生命
洋溢着纯洁空灵的歌声
我忍不住推窗相迎
伸展双手
感受你在掌心融化的温馨
我想用目光点燃这一地的晶莹
让寒冷的夜
轻轻披上春的温情
雪，筱筱地落在
安然入梦时分

有一种喜欢

我喜欢轻盈的云朵飘过蓝天
喜欢风儿吹皱水面
喜欢晨曦里小草叶尖上剔透的露珠
更喜欢夕阳下渐远的鸟影

我喜欢群星璀璨的夜空
喜欢那一轮千年孤悬的明月
如诗如梦,似真似幻

其实啊！有一种喜欢
它一直安静地待在我的心里面
没有星月的遥远
没有风云的浪漫
那是我对你真真切切的思念

无须任何装扮
我只是默默地祝福与挂牵
见或不见,满心喜欢

第五章

FRESH TIME

清新时光

我的迟，更像早早地来

逐风遇雨
寻云逢雪

我的迟，更像早早地来
时间被孤独稀释

请给我一微秒的影像
让我看见
你如光一样向我奔跑的样子

等你，在红尘世外

等你，在清风明月
烹茶抚琴
倾听岁月悠远
静享一弯浅浅以沫的时光

等你，在春暖花开
研墨铺宣
勾勒红尘世外
共处一帧淡淡相濡的闲适

等你，在雪飞梅绽
等你，在秋水洗云
等你，在今生今世
等你，在无穷无尽的相思

碎雨

水是柔弱的
也是刚毅的

尽管云平日里总是高高在上
却也有不胜寒的时候
笑着落泪
无非是又一场雨

每个人都有着自己不同的心境
就像我的眼底哀伤
并不能抹去别人心中喜悦
幸与不幸之间
它们的界定或许只在于人的一念

我的懦弱只留给我自己
我的坚强会让所有人看到
像一滴毫不起眼的雨
摔得粉身碎骨
只为了证明一生的清白

不言伤痛
因为没有人在乎

孜孜不倦的光

所有的
温暖的问候
以及明亮动人的微笑
毫无疑问
都来自你出现的这一刻

你是寒冷与黑暗的天敌
却是我此生
孜孜不倦的追求所在

听雨

又下雨了
我喜欢这样的早晨
宁静而舒适
享受这样散漫的时光
于我
无疑是份奢侈

听雨滴答的声音
不紧不慢
悠然率性地轻吟浅唱
不急不躁
淹没一切杂音异响
只剩心底的梵音

雨声空幽
如远古的琴瑟回荡时空
忙碌而乏味的生活周而复始
如若,你能停下匆忙的脚步
同我听一场雨
或将是灵魂的不期而遇

一棵树

上古,一条生长在海底的藤蔓
小心翼翼地窥视
大地是如此荒芜与苍茫

许久,在一个没有时间概念的时刻
它好奇且生怯地
用一根绿色的手指试探性地触摸土壤

孰料,这轻轻一碰
竟苍翠成枝叶茂硕的一棵树

信物

回眸，你在那年花开处
花笑人也笑
花美人更美
灵感袭来的一首小诗
却意外地成了你我的定情信物

一只精致的雀儿在枝头婉转
眼底的春天柔和而灿烂
那一刻我相信了爱情
从未有过的奇妙

我把一团奔放浓烈的火焰
包裹在缠绵不尽的诗行
在每一个不眠的黑夜恣意地跳跃
想着你羞怯且矜持的样子
我将梦境涂满了芬芳的色彩

季节一个接着一个地转身
当年你可有好好保存
那一树的花影与歌声
却至今清晰如昨
就在回眸时最初的那个地方

两只鸽子

清晨,我迫不及待地与阳光拥吻
夜里的冰霜冻僵了灵魂
梦中的火焰远不足以抵挡漆黑的寂寞跟寒冷
就算把所有的思念焚烧殆尽

那个人躲在千里之外的云层里
偷偷地用眼泪雕刻成殉情的雪花
而我,还痴痴地守护着记忆里那一地的灰尘
我与一双幽怨的眼睛隔空相望
有两只鸽子站在晾台的栏杆上窃窃私语

一叶光影

叶
在风中起舞
那摇曳的光影
于无所事事的浮生里
留下一道
飞白的笔势

目光穿透狭窄的缝隙
那一丝微弱的亮光
并不能满足所有的好奇
免不了臆想与揣测
眼不能及的世界
总是隐藏着致命的诱惑

一叶光影
迷离了视线
心
已然在不知不觉间
蠢蠢欲动

怯怯的星辰

每一次回眸，少年
依然行走于故园的山路上
袅袅的炊烟和饭香
像母亲粗糙却温暖的衣袖
安慰我的伤口和疼痛

面对夕阳，我用清洁的内心
去迎接一场即将到来的星辰
被翻晒的长梦，让一场风吹尽阴霾
而我怯怯的思念，在整个冬天
充满热情和阳光的味道

我决定，在异乡
在不可预见的路旁，用剩余的热血
浇灌一棵参天的树
去感恩，去顶礼赐予我的厚实的根基

我还在等

我在等
相约的季风
从南太平洋的小岛吹来

我也在等
如水的月色
洗涤我放皱的诗篇

我还在等
那只错过的荷
能再一次在我梦中娉婷

浅夏时光

浅夏
是南来的风讯
在梢头的盘旋
沙沙作响
摇落一地碎碎的光影
蝉
还赖在梦里
全然不知
正是唱歌的好时候
太阳也还温柔
并没有亮出那刺眼的刻薄
一张摇椅
恰合时宜地
把一段慢吞吞的时光
很随意地与一本书一杯茶
摆放一起

石头狂想曲（组诗）

雕刻

我用刻刀
赋予它以生命
它却回馈
我不屈的灵魂

打磨

原始的棱角
是天性
精致的打磨
是悟性

成器

冥顽不化
只因无缘慧眼
匠心雕琢
注定终将成器

丰碑

血肉之躯
终如花木而腐
刊石为铭
缔造万世丰碑

微末

或许,我是多么地微不足道
就宛如春日路边
那朵末小的野花

你,轻轻走过
风一样不曾驻足

而我
却为你不经意间的一瞥
欣喜若狂

心动时分
再微末的情感
也有表露的权利

心有独钟

看似漫不经心
我眼角的光
从未离开过你

洒脱是一种掩饰
骄傲只因为自卑

你是万众瞩目的星
我只是那汪秋水
平静是一种假象

我的心
只装得下一个你

你的样子

无忧无虑
是童年的样子

意气风发
是青春的样子

时光远去
一切早已物是人非

多少人
活成了自己讨厌的样子

我
只记得
你的样子

轨迹

季节的轨迹总是与
我的心迹
不断地重合与分离
有欢喜,有悲戚

站在秋风里茫然四顾
落叶飘零着离愁
果实成熟了希冀
水在山的怀中温柔呓语
而云,在微风中慢慢远去

我幻想着在你眼眸中栖息
不要像流星划过天际
我渴望循着光的轨迹
穿过迷惘的黑夜
照亮温暖你寂寞而忧伤的心底

浪漫的境界

没有玫瑰与小提琴的伴奏
没有烛光和红酒的搭配
没有暧昧的粉红色的光线
没有高脚杯折射出的迷离……
这些,我都没有

我能想到的
也是我能给予你的
譬如像今天这样的一个周末
趁着雨后的凉爽与青绿
约你到野外走一走

我要送你泥土芳香的气息
扣着你柔柔的手指
从田野走向河边
我要送你含露的新芽
还有成双成对翩翩起舞的蝴蝶

这些,是我特别为你准备的盛宴
看着你孩子般的惊喜
看着你眼波流淌的诗意
悄悄在你耳边说声:我爱你!

献给七夕

今昔何夕
牛郎可曾记得
织女可曾忘记
王母从髻上拔下的簪
活生生在紧挨的两颗心中间
划出一道无法逾越的河
撕心裂肺心的呼号
被滔天的浪涛吞没
从此仙界
上演着地狱疾苦

那一年的七夕
是爱被刑斩的日子
天河之水被染成残阳如血
开始了日复一日的悲歌
那含恨而终的老牛
在天河之畔死不瞑目
妻离子散的锥心之痛
可有谁来抚慰
高高在上万灵之主
冷漠地在瑶台端起权力的酒杯

那一年的七夕

一家四口被血淋淋拆散
美好的爱情只剩下无休无止的思念
罪恶的天河啊
要等到何时何年水才会流干
苦命的牛郎和织女
他们要等到何时何年相聚团圆

忠贞不渝的爱情啊
你的力量感地动天
那一年的七夕
有无数来自红尘凡世的喜鹊
不畏天庭的强权
在血泪翻滚的天河上架起了一座桥
一对苦命的人儿终于得以相见
他们在桥上相依相偎互诉衷肠
从那一年的七夕起
这个凄美的故事在人间代代流传

我愿

我愿人生无忧
如草木
若花叶

于春来时灿烂
于秋至时飘零
在夏风拂过时招摇
在星光闪烁的夜晚恬梦

愿岁月温柔如水
漂洗去满身的尘埃
于风霜雨雪的陪伴里
优雅地老去

我愿每一个清晨
是生命的开始
我愿每一个黄昏
有你深情的眼睛
愿每一次有缘的相遇
绽放芬芳的喜悦

我愿往后余生
一路朝暮有你

鸟

风儿,从古老的故乡
捎来先辈曾经吟唱的歌谣

云朵,从遥远的天边
赶来与我相伴共舞

我是一只快乐的小鸟
飞翔在无忧的时光里

晨雨

暮春，晨雨
雨丝如织
婉转的鸟鸣悠扬悦耳
恰似心弦拨动之音

空气中透着香甜
吸之沁脾
酥骨畅爽
一切，触目舒心

如此精致的早晨
自然而然
想起一个人来
多想，牵其小手漫步雨中

迷路的鱼

夜雨纷乱了思绪
屋檐下的滴答声穿透了时间

仿佛这一刻是静止的
一滴雨碎成无数滴

老旧的河里涨满了浑浊新鲜的水
一条鱼迷失了方向

在漆黑的夜里
游进了我梦乡

抒情

比起用文字抒情
我更愿意看着
你的眼睛

比起用音乐抒情
我更愿意聆听
你的内心

其实啊
除了这些
我更愿意与你
共度一生

蓦然回首

一眼
摄走了魂魄

一念
穿越了光阴

致 Miss X

你,是我莅窗遐眺时
那遥远而又清晰的
无边无际的海天

你,秀发如瀑
在云浪簇拥之间
心花怒放

我愿是那一缕清爽的风
轻轻　吻过
你的脸

风中的马尾

我穿山越岭
风一样地赶来
只为，看一眼你破水时的惊艳

待我轻拢一下披散发丝
把数不清的愿望
扎成一条飘扬于风中的马尾

陈年往事
就让它静静地躺在水底
不用去想水面会不会泛起涟漪

风雨

风为你而起
宛若我的吻,我的拥抱
舒缓亦热烈,奔放亦深沉
吻落你的脸颊你的发梢你的眼睫
搅动你直达心海的眼底无比清澄的蓝

雨为你而下
像是我的血,我的眼泪
汹涌且浓稠,悲切且欢喜
漫过你的梦境你的心田你的掌心
湿润你炽热如焰焚我一生的唇

让我牵你的小手吧
带你走进这无边的风雨
看呀！那些个草儿与花朵
在风雨中尽情地恣意地摇曳
一如你含笑时轻轻地抽泣

明月天涯

一汪明月
照着我也照着天涯
我想如果我的目光能折射到你眼睛里
你会不会感知那是思念

我相信我的梦紧挨着你

只是
一样的月光
落在你的窗前是温馨的夜来香
而我的梦里满是忧伤

云溪之恋——致云溪之一

我知道我的心跳在与你的呼吸遥相呼应
尽管,你只是出现在我的梦里
在我似醒非醒的梦里静静地流淌
可是,我分明能够听到你深情的呼唤
回荡在星光闪烁的夜晚
如那只,忽闪忽闪的流萤

我在地图上找不到你的名字
你细小得如同一根毛细血管
只有我,知道你的存在与意义
那些春天的花还有夏天的草
总是芬芳着葱翠着一去不返的时光
我不在乎有多少人知晓你我之间的故事
我只在乎你会不会把我抛弃

碧龙潭——致云溪之二

那是我不干的泪腺
却被你伪装成一泓诱人的秋水

世人眼中的诗意
只不过是我那深不见底的乡愁
不知，你可曾察觉

你是从云雾飘落的绸带上
那银光闪闪的蝴蝶节
翩翩起舞又脉脉含情

每一次，你激昂的抒情
都是我积泪成潭的思念

五月，云溪的风——致云溪之三

滴翠的五月
把生命的柔与媚诠释到了极致
云溪的风
如母亲深情的吻
让浮躁的心享受无与伦比的亲切与平和

一切，宛若初始的回归
来自哺育我生命的土壤
每每萦绕于梦的
总是浸入骨髓与血液里的芳香的味道

此刻，我情不自禁
闭上眼睛
让心灵在家乡的空气中
无拘无束地快乐飞翔

檀山——致云溪之四

云雾徜徉着溪流
山谷婉转柔美的布谷

夕阳下，一缕缕炊烟
朦胧着我的眼
点燃了召唤游子的烽火

檀山老屋
一棵倔强的枣树上
雀儿，吟唱着悲伤或欢快的歌

雄浑的大山哟
当你在凝望“不老泉”边的我时
我也在凝望着你
远远地望去
仿佛看见
父亲宽厚的肩膀
还有爷爷缄默的背影

第六章

IMAGINE THE FUTURE

畅想未来

岁月无声

岁月的清辉
如淡淡的月光
洒满我们走过的路
身后的脚印
大多都被尘沙掩埋
以至让人淡忘
曾经的那些坎坷与风雨

我们的今天
依然在见证生命的过程
无法停止的步履
将继续丈量着人生的旅途
鲜花与冰雪
俱是前行中的风景
润色了各自的肉体与灵魂

明天依然在路上
似水的光阴时刻在指尖流淌
不必抱怨谁的无情
不必暗自把谁记恨
我们都不过是这人间的过客
看,日升月落
听,岁月无声

复生的水草，鱼的故人

把一条河流送远
把追风少年的心意拉长

亦如复生的水草
是鱼的故人
却是河泥的唐突

书一样打开的水
波光，浪头
在夕阳下
被过客翻乱

徒步

来吧，跟我去徒步
放下所谓的富贵或贫穷
回到十八岁的年纪
简单而纯粹
做一次任性的自己

走吧，我们去徒步
去到山的那一边
找寻放飞多年已迷途的梦
最好能遇见海
以及小人书中那个美丽的仙女

出发，带你去徒步
穿过雨后的彩虹桥
追随绿水白云的脚步
让从未释怀的眷恋
不再躲藏在时光的深处

前进，携手去徒步
人生的旅途不会孤独
临沧海以观日出
赴雪域笑看霞飞
从此美景不再辜负

碎片

零零碎碎的画面
似曾相识
却无从想起
莫非,断了那根思线

唠唠叨叨的艾怨
没有人能听见
那是心底的声音
找不到回头的岸

心已远走他乡
梦也残破不堪
不知杳无音信的你
是否,还在与云为伴

出发的那个点
早已模糊于万水千山
只依稀记得
相册里残留的时光碎片

五一，我们的节日

没有鲜花与掌声
忙碌与坚守依然是生活的主题
负重的肩膀
撂不下那份沉甸甸的责任
希望和着汗水
只为不辜负亲人期盼的眼睛

我们咬牙顽强地活着
在风里雨里寻找梦和明天
一次次向命运发起挑战
艰辛与委屈又算得了什么
我们在磨砺中奋斗成长
艰难困苦铸就我们钢铁的脊梁

今天是我们的节日
机器依旧轰鸣
车轮依旧滚滚向前
我们是光荣的劳动者
为我爱和爱我的人
无怨无悔任汗水迎风飞扬

送别——致传媒学院2021届毕业生

今夜,月亮又与我准时相见
水一样的光辉
依然静静停泊在曾经少年的窗前

是谁莞尔一笑
把时间倒回如花的从前
我的那些朋友呢
他们都去了哪里啊

送别时,绽开着意气风发的笑脸
像蒲公英的种子飞向天边
我轻声地问月亮
能不能在我想念时,把他们找见

今夜,就让我学着当初的样子吧
挥手送别这静好的月色
道一声:青春万岁

打开命运之锁

若不是命运的囚
又怎会漂泊在茫茫人海
困于孤岛
惊涛骇浪
藏匿着深深的恐惧

无岸的夜
写给星星的留言
一如既往的沉默
空洞的眼睛
安放不下一个游荡的灵魂

同厄运搏斗
就必须拥有信仰的力量
指望不了谁的救赎
在苦难中淬炼
于孤独中前行
用无畏的心打开命运之锁

除夕——岁月最华丽的转身

昨夜,在星星的簇拥下
我点燃了辞行的焰火
尽管,残存的雪色表露着眷恋的诗意

我把祝福的歌声
轻柔地安放在稍带呜咽的风中
目送冬的归去

绚烂的焰火
在零点的钟声里迎接岁月最华丽的转身

远方的家

我可能，习惯了像风一样
流浪
总是把家安在云的背上
让梦种在蓝色的土壤
让诗不再在你眼中荒凉

我用满怀温热的星光
细心呵护你心灵的牧场
看水草肥美
闻鸟语花香
放牧童话般的牛羊

走吧！陪我流浪
去一起寻找那个有家的远方

独白

扯一把唐宋废墟上的草
带出粘着泥土的文字
顾不上清洗
躲进黑色的夜里慢慢咀嚼

我承认自己是饥渴且无知的人
不然,又怎会找不到烽火秦关
以及汉时明月
我梦想着去长安城
亲眼目睹一骑红尘妃子笑

我是一个颓废且自甘堕落的人
唯恐一股酸气玷污了圣贤
也曾想,执一壶景庄酒
于秦淮河岸的烟花丛畅饮

我是一个没入人海找不到的人
俗之又俗却偏偏好雅
二两墨水一晃告罄
自言自语无人旁听

光阴如水

剪一段如水的光阴
让它若小溪
潺潺流过那些已荒芜的生命

当青涩的歌声
跟随掠过发梢的季风
飞出了梦的视界
回忆却总能因你而感动

其实，一直以来
我也从未忘记过
昨日的你依然笑靥如花
尽管岁月的刻刀
在我的脸庞留下沧桑的划痕
而心，依旧为你执着而热烈地跳动

置身在深深的红尘里
就算我承认输给了生活
也不会湮灭了梦想
只因
有你的存在
我就坚信仍然拥有未来

回眸

汇入熙熙攘攘的人流
奔赴各自的路口
匆忙的脚步,找不到停下的理由
逐流,逐流

号角吹响的时候
身后没有退路
前进的姿势
只有冲锋与战斗
争渡,争渡

擦肩过而的聚首
如浪花之间的问候
瞬间的碰撞,一次心灵的邂逅
回眸,回眸

梦幻般的笑靥
惊了心头的小鹿
强大的电流
把隐秘的心思击透
牵手,牵手

从此以后
你作了我的帆
我成了你的舟

小憩

在梦尚未开始
在星光还没隐去
在夜风足够温柔
停下来,留住你的脚步

晾台上的月色正好
一杯清茶
一本喜欢的书

小憩一会
让紧绷的神经暂且松弛
放下怎么也忙不完的人生
捧一捧轻浅的时光
一个人
极度舒适

少年,我看到自己的影子

几个打完球的少年
拍着篮球从我身边走过
时尚的运动装备
从头到脚
洋溢着令人神往的青春活力

炫酷的发型
眉间飞舞出心神激荡的轻狂
唇上绒须渐浓
高凸的喉结宣示着荷尔蒙的骄傲
安着弹簧的脚跟
每一步都在夸张招摇的自信

少年,多好的年龄啊
你拥有目空一切的狂妄与资本
你可以肆无忌惮地大笑
你可以心血来潮追逐嬉闹
你可以安静地沉浸在你的游戏你的音乐你的绚烂无比的梦里

少年,我不讨厌这样的你
我喜欢你的神采飞扬
羡慕你的爽朗阳刚
目送青涩不羁的背影
少年,你可知道
我笑着悄悄地告诉你
我看到自己的影子

翻山越岭去看你

远处的山峦连绵蜿蜒
我的目光越过那条柔软的曲线
惊飞了栖息在云朵下的鸟儿
真的好想去追寻那袭翩翩起舞的身姿
哪怕,只让我静静地欣赏

我并不想刻意掩饰这种翻山越岭的愿望
因为我更加恐惧这种漫长的企盼
最终会随着绝望的等待
被岁月无情地吞噬并眼睁睁地看着灵魂死亡
我决定拖着残破的身体去流浪

我要去攀爬险恶的峰崖
在无数讥讽与嘲弄里跋山涉水
让飞溅的唾沫和狰狞的诅咒
都成为我为你誓不屈服的
孤身犯险的理由与斗志

窗

一扇窗
打开
连接起
两个世界

窗内
一湾灯火
窗外
万顷星光

我的眼
洒满星光
我的心
安然灯火

相逢,时光

花影在摇曳,风声在轻诉
灵魂能到达的地方
总是阳光明媚,鸟语花香
白云在蓝天上流淌
溪水在山涧中歌唱
而我,遇见了梦里的姑娘

多么美丽善良
多么开朗大方
一颦一笑让我沉醉
举手投足叫我痴狂
姑娘啊! 你来自远方
我想送你一束皎洁的月光

我们相逢在追梦的路上
为寻找一首诗
彼此的目光发生了碰撞
从此,难以逃离巨大的磁场
别样的情愫暗自生长
请许我,用文字将笙箫奏响

朋友，如水

其实，做朋友
知心的那种
不掺和粉红的调色
素白干净

我不觉得勉强
你从未尴尬

很自然地靠近
无目的地喜欢
分享日常
也分享快乐与忧伤

做个好朋友
淡淡的
如水

青春畅想曲——致传媒学院 2021 级新同学

激昂的旋律
在广阔的天地间回响
我们的青春
在无悔的岁月里飞扬
憧憬与向往
如不断加速的列车
载着七彩的梦
风驰电掣地驶向远方

我们置身学术的殿堂
孜孜不倦地追寻那璀璨的星光
寒来暑往
默默积蓄着澎湃的力量
为了明天的理想
千万次地锤炼
羽翼未丰的翅膀

我们遨游在知识的海洋
像幼小的鱼儿不断地成长
大海有多么宽广
我们游得就多么欢畅

前方是无垠的湛蓝
激发我们无尽的渴望
我们在这片沃土上无忧地生长
贪婪地吸收着耕耘者给予的营养
浓浓的爱意
和殷殷的目光
让我们朝气蓬勃
努力向上

天高地阔山河伟壮
生命之花已激情怒放
树欲参天
鲲鹏万里
让我们心怀感恩振翅飞翔

时间

闭上眼睛
白天变成了黑夜

时间躲在眼皮底下
没有人能看见

一只鸟
飞过空旷的天空
依然没能留下一丝痕迹

我发呆的样子
也没能换来一丝怜悯

早晨走了
黄昏来临

两只无形的神秘的手
一只用来创造
一只用来毁灭

放下戒备的鸽子

此时的你,像一只放下戒备的鸽子
如雪花般轻盈的欢快的翅膀
展成心状的图形
毫无疑问,我已被这种纯真气息感染
我用微笑迎合着
你无邪的调皮的挑逗

我庆幸没有从一开始就向你大步走去
站在原地接受你审视的目光
我愿意把真诚的等待
连同春天的阳光与花束
在你朝我飞奔而来时用最虔诚的仪式
一并献给你

不负

终究是负了大好的春光
留不住的花容月貌
以及无所顾忌的少年痴狂
从前那些云的样子
或舒或卷成眉间的阴晴
岁月偷走我的童心
却给我戴上一副无法挣脱的镣铐

我被囚禁在万种苦难的红尘
沉重的步履踩碎了天真
还有什么值得期许与笃信
还有谁愿意携我前行
不嫌衣缕阑珊
不怕路途遥远朝暮清冷

你,是不是我要找的人
穿过无数的清晨与黄昏
在某一处经过的路口相遇
彼此确认了眼神——
你许我时光一瞬
我定不负你期待的一生

夕阳漫天

那一片比朝霞更为瑰丽的色彩
在我倾慕的凝视中
是如此地温婉与抒情
一种无限穿透的感染力
让我与这眼前的美好浑然一体

站在漫天玫瑰的时光里
没有人会去计算黄昏的距离
只愿醉心于这无与伦比的美丽
哪怕生命就此窒息
哪怕被世界忘记

是谁用一支神奇的画笔
绘出这般时光的传奇
这一刻,你若在这里
就请牵住我的手
带你走进这份永恒的诗意

修行

在此以前，人生经历中所承受过的
所有的苦难
无疑是今天幸福生活的基石
诚然，物质上我们或许贫瘠
但这并不妨碍我们对生活的热爱

风雨之中的万般锤炼
让我们拥有不屈的勇气与信念
不因少许的丑恶而否定世间的美好
一切艰难困苦
最终成为我们向上攀登的阶梯

如果说人生是一场修行
就让我们劈风斩雨坚定地舍身而往
人世间的繁华终不过是过眼烟云
生命的真谛在于
有趣的灵魂、丰盈的内心

以为

总以为来日方长
手里攥着大把可以挥霍的时光
可是,春天走得匆匆忙忙
来不及记住桃花盛开的模样
也没能将轻风拂柳的画面印在心上
可是,夏日过得慌慌张张
终是挽留不住雨丝的纷纷扬扬
也没能守住那一方清婉的月色荷塘
安慰不了落花流水的丝丝惆怅

总以为秋风尚远
人生还有很多逗留的地方
那些曾经不以为然的山高水长
那些曾经面向天涯的眺望
已不知不觉变成细数的过往
如今剩下的只有流云淡淡的忧伤
剩下黄叶在枝头的忐忑与彷徨
还有无处可逃的飘零的离殇
以及终将失去的习惯了依靠的肩膀

总以为远方就在前方
总以为天黑之后就会天亮

可是啊！原来一切
不过是自己一厢情愿的假象
岁月滤掉了轻狂
经历成熟了思想
就让目光穿过时空的长廊
把所有悲欣悉心收藏
在黄昏来临时让血液依旧如岩浆般滚烫

扉页

把第一页的空白
留给最深情的岁月

将所有真实
统统藏在
早已血肉模糊的文字里

爱,凝成一滴固态的水
恨,飘作一缕汽化的云

我穷尽一生
写了一本不知结尾的书
唯有扉页洁白如雪

渲寞

青灰色的天空
憋着一场雨

我望向无边的寂寞
憋着一场相思

天气闷热得太久
我也思念太久

不同的寂寞
都以一种水的形式宣泄

平常

熙熙攘攘
不择生冷

成败得失
岂非平常

都言应持平常心
几人甘做平常人

平常的日子
烟火的人生

向一朵花儿告别

那天，我在你的城市
孤独地游荡
满大街各色的身影
想象着哪一个是你
幻想着一场心颤的偶遇

我像一个虚幻的幽灵
没有人看见我
没有人认识我
我孤独地穿梭失魂落魄

明知道你就在这里
如此地触手可及
我能真切地感受到
你的心跳与呼吸
可就是不知道你藏身哪里

或许，此刻你也在窗前张望
也毫不掩饰眼里的期待
以及心中的忐忑
或许，你亦感受到我的存在
却又万般无奈欲言又止

天黑的时候
我向一朵无名的花儿告别
摘一捧你点燃的灯火
对着熟悉又陌生的大街
挥一挥手

以命相许的春天

这么多年,确实没有细数有过的相聚与别离
只是那一次在春天的偶遇
依旧如隔夜之梦在每一个睁眼的清晨挥之不去
终究无法做到将心头那些疯长的草连根拔起
甚至有些羡慕那些滥情且薄幸的蝴蝶
能于花开时殷勤献舞花落时从容转身

有时候真想去夏天淋一场痛快的雨
又或者去秋天吹一阵萧瑟的风
让水的冲刷能彻底地抹去那早已不再属于我的衰老
皱巴的风景
哪怕是做一片孤独飘零的黄叶
也好过这般绝望而不甘地活在一个触摸不到的春天里

星星在遥远的夜空沉默
我害怕看见它们那冰冷如剑的眼神
因为,我不愿有除你之外的第二双眼睛
把包裹得严严实实的心看透
我只要这一生
守着那个以命相许的春天就好

凝视

目送落霞与孤鹜的背影
在昼与夜的衔接处
我站成一棵仰望星空的树

不知远方的海涨潮没
而四周沉默的群山
在我怀抱里安睡

如若，此刻
一弯新月正挂在你的窗前
请相信，那就是我对你深情的凝视

等风吹来

被雨洗过的天空
一汪梦幻之蓝
我用欣喜目光将其扫描
把这份欢喜写进温情的诗句

鸟在枝头雀跃
那花草
在早晨的霞光里尽情地妩媚
泥土轻唱着芬芳的民谣
我陶醉得忘了自己

要是有风迎面吹来
我将毫不犹豫地随之起舞
如柳枝般轻盈婀娜
把我飞扬的神采
托一朵雪白的云捎给你

陀螺

生活像一根鞭子
而我,做了那只旋转的陀螺
不是不想留下来歇息
而是被鞭子抽得身不由己

陀螺的一生
注定是平庸而忙碌的
安逸,是我穷极一生也猜不透的谜底
也许,旋转才是一只陀螺存在的意义

拥抱幸福

站在高处，将眼前的山水一览无余
天空温柔得如情人的眼睛
山坡上的牛羊，河里的鹅鸭
悠闲成一首乡土情诗

我化身一条秋波里快意的鱼
在远离城市的乡野忘情地游弋
云带来清凉的消息
于飞鸟舒展的翅膀上轻盈地
滑翔

远山如黛的剪影
在碧波泛开的水面招摇
满冲满畈的金黄
渲染着无比真实的喜悦

沁人心脾的稻香在空气中弥漫
厚实的泥土终是没有辜负皱纹里殷切的托付
所有的美好如期而至
就让落日的余晖洒满我沧桑的脸庞吧
在袅袅升起的炊烟里
我要热烈拥抱这种无与伦比的幸福

撷一缕晨曦送你

天边的一抹鱼白
轻轻淡去我梦中的星光
而你的笑容
却如晨曦般柔美清晰

彼此的不舍
就像我沉湎于梦里不愿醒来
醒来也不愿离去

思念是一种无法言语的痛
与其深情地绝望
不如叫你痛恨地遗忘

撷一缕天边的晨曦送你
挥挥手,把一场旧梦忘怀

含笑

月光,轻轻吻落你娇羞的脸庞
风缠成绕指的柔
于颔首低眉的瞬间
漾出一片流彩
新裁的衣裙合身而端庄
一方熏香的绣帕,轻盈挂上嘴角的弯
无须掩饰撩动心弦的美
宛若悠悠颤响的琴音浑然天成
素颜含笑,涟漪泛起直至心潮澎湃

无言

那石头，从山上搬来
以碑的姿势
纹丝不动，沉默无言

裸露胸膛上的文字，像极了文身
笔直地站在那里
迎风送雨，日夜生根

路，向它的左右延伸
弯弯曲曲绕成一根不知去向的绳

那些过往的脚步，那些匆忙的身影
在它无言的注视里
由远而近，由近及远

我的快乐

快乐,其实如此的简单
你一个回眸的微笑
就让我看到那眉间的春天

清晨的鸟语,黄昏的落霞
都是我为你描绘的风景
渲染每个幸福的瞬间

朝暮变换的色彩
是我激昂而深情的音调
只为,把一首诗,完美地读给你听

我的快乐是多么纯粹
不掺和一丁点杂念
像一朵向日葵,绕着太阳慢慢舒展

新娘

一朵含苞待放的羞涩
将我积攒的爱意调和
趁清风吻露的当口
悄悄挂在你上扬的唇角

梦的潮水曾漫过你的红绣鞋
月牙勾起那柔软的红盖头

我用一根结着彩球的绸
系住你纤纤的手
有个声音在高喊：一拜天地
二拜高堂，夫妻对拜，送入洞房

偶遇

一场雨的偶然
给我毫无征兆的狼狈
风,不怀好意
在它的坏笑里与你撞了个
满怀

凌乱的刘海
勾勒出你惊慌的样子
眼底闪过的羞怯
如闪电,击中了我

眺望

那一只鸟,孤单而缓慢
在风与云的无视中
渐渐淡出我的目光

树的憔悴与山的沉默
总是让眼睛莫名地干涩
时间,在苍凉的河水中漂白

我漫无目的
却若有所思
远远望去,落霞将目光烧成青花

草的启示

秋风又起，草入暮年
依然倔强的绿
是生命最后的眷恋
世界，曾因此而美丽

卑微如草，但又何妨
拥有过无悔的一生
一切，都是值得

我愿是草，若有来世
何惧在冬夜里死去
必将，如约而至
于春风的微笑中重生

后 记

子夜，推开窗，大地洒满皎洁的月光，我的诗像这初秋的月光一样陪着我走过了每一个春夏秋冬。我一直以为，有人的地方就有故事，有故事的地方便能产生诗歌。当忙碌占满了我的生活，诗歌就是我灵魂的港湾；当苦闷袭上心头，诗歌就是我的解语花；当幸福来临，诗歌就是我放飞的小鸟；当黑暗冲击我的视觉，诗歌就是我策马奔腾的月光……

《千年的月光》作为我的第二部诗集，就是在这岁月无声的背景下产生的。它是我近些年来生活的一个缩影，凝聚了我对人生的诸多思考。我一直是一个爱做梦的人，不论痛苦的、欢乐的、美好的或是不完美的，我都选择接受生活，并努力改变现状，变成最好的自己。我的诗有欢乐的基调，亦有悲伤苦痛，有故事，更有我对生活深深的思考。比如"心灵独处"章节就抒写了许多我对现实的解读："远方，我心中的天堂 / 我要像鸟儿在你的怀抱飞翔 / 我要像鱼儿在你的心海逐浪 / 忘记所有的愁苦与忧伤 / 无拘无束地恣意狂放。"又如"午夜思绪" 章节描述了很多我内心无法释怀的苦痛："这个黑夜寂静得让人害怕 / 偌大的床空荡荡的 / 蜷缩在被子里几个小时脚还是冰冷 / 入冬后的第一场雪 / 终于在我失眠的夜里寂寞地分娩。"诗集最后的“畅想未来”章节表述了我对生活理解后对未来的思考：“我们的今天 / 依然在见证生命的过程 / 无法停止的步履 / 将继续丈量着人生的旅途 / 鲜花与冰雪 / 俱是前行中的风景 / 润色了各自的肉体与灵魂。”

在认清生活的本质后，我们依然要热爱生活、感恩生活，这才是勇者风范。我承认我是一个多愁善感的人，但我也是一个勇于面对现实并挑战生活的人。我的诗歌有我的性格在里面，有愁的一面，也有乐的一面，这些无关好坏，却都是最真切的生活复制品。在面对风霜雨雪的时候，我愿与诗为伴，不对他人轻言苦痛，只与我的诗对酒独酌。人生，应该有几分精力是留给自己去独自思索的，这些自我的留白就像千年的月光渗透古今，给我们以最坚韧的力量去抵御世俗的一切艰难困苦。

本书出版之际，我的内心十分激动。这本书是贾平凹先生亲笔题写书名，并由著名作家、《西南文学》总编辑曾令琪先生（贾平凹先生的关门弟子）亲自作序，首先我要由衷地感谢两位大家对本书的肯定和支持，我也将不负厚望，孜孜不倦地继续我的文学梦想；其次我要感谢我勤劳善良的父母和家人对我细腻的关怀和默默支持，感谢我母亲方瑞兰女士，她无私的爱，让我的心灵总是充满阳光；同时我父亲袁泉先生（诗人和摄影家）对我写作的影响非常大。他特别喜爱读书和写作，并且非常勤奋，我也始终以他为榜样，从来不敢懈怠；再者，我要感谢湖北今古传奇传媒集团的袁庆编辑及百花洲文艺出版社的各位老师，他们对我的写作都给予很多帮助和支持，对本书的设计排版和编审校对付诸了辛勤劳动；最后，我要感谢汉口学院董事长罗爱平教授、汉口学院副校长王鹤教授和汉口学院传媒学院常务副院长张瑾教授。感谢他们在工作、生活上对我的支持和关心，同时在此诗集创作期间，给予大力支持并提出诸多宝贵意见。需要感谢的人实在太多太多，是他们的激励和帮助，成就了我，让我在如履薄冰的人生路上始终能站稳脚跟、不怕任何挫折。感恩我身边所有的人……

希望这部诗集成为你案头或枕边的一丝温馨的月光，能激励着你战胜人世间所有的悲苦，带着你未完的梦走向属于你的未来。

袁灿

2021 年 8 月于武昌南湖